# DICTIONNAIRE DES DESTINS BRISÉS DU ROCK

Bruno de Stabenrath est comédien, musicien, auteur-compositeur, chanteur, écrivain, scénariste, chroniqueur, night-clubber. Il commence sa carrière de comédien avec François Truffaut et tourne une dizaine de films avec Ettore Scola, Pierre Schoendoerffer, Claude Zidi, et chante dans la comédie musicale *Émilie jolie* de Philippe Chatel. Au début des années 1980, il collabore au mensuel *Guitare Magazine*, puis devient un spécialiste de la Surf Music des années 1960 et de la musique californienne. En 1999, il anime un show radio hebdomadaire, « Kowabunga », sur Ouï FM. Il écrit dans de nombreuses revues : *Technikart, Jalouse, Figaro Magazine, Gloss, Men's Health, Le Nouvel Observateur…*

En mars 1996, alors qu'il vient de signer un contrat dans une maison de disques avec son groupe JamB4, il est victime d'un accident qui le laisse tétraplégique. Bruno de Stabenrath est l'auteur de *Cavalcade*, traduit en quinze langues, et du *Châtiment de Narcisse.*

DU MÊME AUTEUR

Cavalcade
*Robert Laffont, 2001*
*et « Pocket », n° 11731*

Le Châtiment de Narcisse
*Robert Laffont, 2004*
*et « Pocket », n° 12441*

Les Destins brisés du rock, vol. 1
*Scali, 2004*

Qu'est-ce que tu me chantes ?
*Robert Laffont, 2006*

Les Destins brisés du rock, vol. 2
*Scali, 2007*

Bruno de Stabenrath

# DICTIONNAIRE DES DESTINS BRISÉS DU ROCK

*Préface de Francis Zégut*

*Scali*

TEXTE INTÉGRAL

ISBN 978-2-7578-0862-7
(ISBN 2-35012-081-3, 1re publication)

# Sommaire

## De l'autre côté

*par Francis Zégut*

À force de mettre deux roues dans l'herbe, certains finissent dans le fossé de la connerie. D'autres vont au Salon de l'agriculture à 6 heures du matin pour voir chier les bêtes.

Bon Scott, le routier rocker d'AC/DC, a été étouffé par son vomi sur la banquette arrière d'un taxi en février 1980, quelques jours après avoir jammé avec Bernie de Trust, sur « Ride on », au Scorpio Studio de Londres. Michael Hutchence, le chanteur d'INXS, fait, durant des nuits sans fin, un stage de formation « master alambic » au Bus Palladium. À l'aube, il saute de voiture en voiture, rue Fontaine à Paris, enroulé dans une cape noire. Il finit quelques années plus tard pendu derrière la porte d'une jouissance inavouable. Une corde aussi pour Ian Curtis, de Joy Division. Une bouteille de trop pour Rory Gallagher. Un sapin au milieu d'une piste pour Sonny Bono, de Sonny & Cher. Un gun pour Kurt Cobain et Marvin Gaye. Le Mississippi pour Jeff Buckley. Las Vegas, les putes et la coke pour John Entwistle, des Who. Un avion pour Otis Redding. Une baignoire pour Jim Morrison. Un crabe pour Frank Zappa. Cela en fait du monde de l'autre côté. Mais le cador en la matière est sans conteste possible Robert Johnson. Le gars pose les bases du blues, autrement dit du rock and roll. On le retrouve raide le 16 août 1938 dans une rue de Greenwood, aux États-Unis. Il n'a que 26 ans. Pas de toubib pour authentifier les causes du décès. Trois hypothèses rôdent, la syphilis, le coup de couteau ou l'empoisonnement. Rien que ça. On n'a jamais su. T'es vraiment trop fort…

Ils avaient le ventre creux. Les yeux qui sentaient le cul. La musette chargée. Le nez qui démangeait. Les veines au grand jour. Ils roulaient plein pot sans casque. Ils faisaient l'amour sur les bandes d'arrêt d'urgence. Ils enfilaient la vie. Ils pissaient contre les bars de l'immortalité. Ils avaient dans leur vie des trous qui les ont engloutis. Ils ont fait court, mais la poignée au taquet.

C'est drôlement bon de les revoir, là, couchés, glacés, et éternels.

D'ailleurs, j'ai eu Hendrix au téléphone tout à l'heure, c'est dingue, depuis qu'il est mort il ne raconte que des conneries. Il fume des endives et n'arrête pas de répéter que biner c'est un peu fourrer son jardin…

# Ils avaient 20 ans et des poussières

Souvenez-vous de leurs voix. Ils avaient 17 ans, 24 ans, 32 ans.

Ils sont morts jeunes. Crashes d'avions, accidents de voitures, overdoses, empoisonnements, bastons, défenestrations, fusillades, suicides, roulettes russes, hémorragies cérébrales. Le rock and roll est un vampire imprévisible et plein d'imagination. Quand il brise un destin, il veut de la fureur, du sang et des larmes. Mais, surtout, il veut tripler ses ventes et transformer le vinyle en platine, et la postérité en jackpot.

« Meurs jeune et tu auras un beau cercueil. » Voilà ces destins brisés, souvent récupérés, merchandisés, compilés… la sacro-sainte règle du métier étant : *The show must go on !*

Alors, le spectacle continue.

Souvenez-vous de ces visages. Imprégnez-vous de leurs traits, retrouvez leurs musiques ou, mieux encore, découvrez-les. Faites chauffer les platines. Allez fouiller dans les caves de vos grands frères. Écoutez leurs histoires.

Ils avaient 20 ans et des poussières ; un avenir de météore tracé devant eux. La vie en a décidé autrement.

B. de S.

# 5 juillet 1954 :
# La naissance d'un mythe

Le rock and roll trace son premier sillon fertile au cours d'une journée torride, quelque part dans le Sud profond, le 5 juillet 1954, dans le Studio Sun à Memphis, au Tennessee, dirigé par le producteur et agent, Sam Philips, quand un jeune Blanc gominé de 19 ans, Elvis Presley, enregistre une vieille chanson d'Arthur Big Boy Crudup datant de 1943, « That's all Right Mama ». Sur un tempo binaire Rockabilly, avec Scotty Moore à la guitare et Bill Black à la contrebasse, l'Amérique, la terre promise, découvre la voix chaude, lancinante et syncopée d'un inconnu nommé Presley. Plébiscité par les disc-jockeys, dont Bob Neal et Alan Freed, qui, déjà en 1951, animait la première émission radio *The Moon Dog Rock and Roll House Party*, le titre d'Elvis envahit les ondes et grignote les territoires du rhythm and blues, du boogie-woogie et du Doo-Wop, jusqu'ici réservés aux artistes noirs : Fats Domino, Ray Charles, Little Richard, Big Joe Turner, les Moonglows, Jimmy Reed, Bo Diddley, Muddy Waters, Chuck Berry… Ce sont eux, les précurseurs, les mèches de dynamite, mais l'Amérique puritaine, conservatrice et raciste, les cantonne aux dancings de La Nouvelle-Orléans, aux honky-tonks du Mississippi ou aux clubs de Harlem.

Le rock avec ses prêcheurs turbulents n'est pas vraiment en odeur de sainteté et ses heures semblent comptées. On lui préfère les big bands de Sinatra, la gentille country, les voix sirupeuses de Pat Boone, Ricky Nelson ou de Tommy Steele. Taxées de musique obscène et lascive par les masses bien-pensantes, les pouvoirs politiques et les industriels du disque, les chansons d'Elvis se font censurer par les programmateurs de radios, car ces idiots pensent que Presley est noir ! Il faudra attendre le 9 septembre 1956 et son apparition à la télévision avec « Don't Be Cruel », au *Ed Sullivan Show* (cinquante millions de spectateurs), pour inverser la vapeur et rallier le Nord avec le Sud, où Elvis le Pelvis qui enchaîne les tournées cartonne depuis longtemps en concert dans les États sudistes. Sa bonne bouille, ses déhanchements et ses cils charbonneux, sans vraiment rassurer les parents, déclenchent l'hystérie des jeunes filles et l'adhésion des ados. Hollywood et la Paramount lui font des ponts d'or ; il tourne *Love me Tender*, le colonel Parker devient son manager et le poulain sauvage ne le restera plus très longtemps. En attendant, derrière lui, s'engouffre le fameux cru rock 1955 : Eddy Cochran, Buddy Holly, Roy Orbison, Johnny Cash, Gene Vincent, Carl Perkins, Jerry Lee Lewis, Bill Haley…

Quand le titre « Rock Around the Clock » interprété par Bill Haley et ses Comets débarque en France en octobre 1955, sur le label des disques Decca, il est le deuxième 45-tours de Bill, puisque

« Shake Rattle and Roll » est sorti – un an plus tôt – chez les disquaires parisiens ! Enregistré le 14 avril 1954, « Shake Rattle and Roll » est donc LE premier rock de l'histoire dans les hit-parades français et européens.

L'année 1956, en France, voit aussi un trio : Boris Vian, Michel Legrand et un chanteur farfelu, Henry Cording (Henri Salvador) et ses Calypso Boys, composer des parodies de chansons rock (Rock Hoquet, Rock and Roll Mops…). Avec eux, un jeune prodige américain, élève de Nadia Boulanger, signe les arrangements, Quincy Jones, futur producteur arrangeur de Sinatra, George Benson et Michael Jackson.

En 1958, Danyel Gérard et Richard Anthony sont les premiers à se lancer dans l'adaptation sincère de succès rock américains : Peggy Sue, de Buddy Holly, et Three Cool Cats, des Coasters (qui devient Nouvelle Vague). Au début de l'année 1960, avec le tremplin du Golf-Drouot et l'émission de radio sur Europe 1 *Salut les Copains*, de Franck Ténot et Daniel Filipacchi, deux lionceaux, Johnny Hallyday avec « Souvenirs Souvenirs » et Eddy Mitchell et ses Chaussettes noires avec « Tu parles trop », lancent définitivement la mode du rock français et son marché juteux de singles 45-tours.

## Septembre 1955 :
## Mort des rebelles sans cause

Si, désormais, les teenagers adoptent le son et le tempo rock – mono, puis stéréo –, ils découvrent aussi l'image – les films en Technicolor et en Panavision – puisqu'à la même époque s'ajoute, à la panoplie musicale, le look définitif et sexy du rebelle sans cause – moto Harley-Davidson, blouson de cuir Perfecto, lunettes noires Ray-Ban, T-shirt (copié sur celui des GI, en forme de T), jean 501 à pressions et boots à boucle – immortalisé sur les écrans de cinémas par Glenn Ford dans *Blackboard Jungle* (*Graine de violence*) de Richard Brooks, par Marlon Brando dans *The Wild One* (*L'Équipée sauvage*), de Laszlo Benedek, et aussi par James Dean, dans *Rebel Without a Cause* (*La Fureur de vivre*), de Nicolas Ray.

Le 30 septembre 1955, au volant de son Spider cabriolet Porsche, sur la route de Salinas, James Dean se tue. Il a 24 ans et vient juste de terminer *Géant*, son troisième film. À l'annonce de sa mort, celui que les mauvaises langues de Hollywood appellent « le cendrier humain » passe du statut de movie star à celui de légende. Dean jouait du conga et fréquentait les jazzmen.

Six mois avant lui, le 12 mars 1955, à New York, The Bird, le saxophoniste Charlie Parker, décédait à 34 ans d'un abus d'alcool et d'héroïne et signait le livre d'or 1950's des artistes décimés par la drogue. Beaucoup de musiciens célèbres mais aussi tant d'anonymes, en mal de reconnaissance ou de talent, mourront d'overdoses en voulant imiter leurs idoles, persuadés que ce sont dans les paradis artificiels et les nuages hallucinogènes que se cache le secret du génie et des inspirations virtuoses. N'est pas Billie Holiday, Chet Baker ou Miles Davies qui veut…

## Février 1959 :
## The day the music died

Pourtant, à l'avènement du rock and roll et des années 60, alors que son avenir semble précaire et menacé par ses censeurs, c'est la mort accidentelle et spectaculaire de trois jeunes rock stars, à l'aube de leur carrière, qui va émouvoir et réveiller une Amérique encore emmitouflée dans ses réticences.

Le 3 février 1959, à 0 h 50, surpris dans une tempête de neige, le petit avion Beechcraft Bonanza qui transporte Ritchie Valens, 17 ans (« La Bamba »), Buddy Holly, 22 ans (« Peggy Sue ») et The Big Bopper, alias J. P. Richarson, 29 ans (« Chantilly Lace »), s'écrase avec son pilote, Roger Peterson, à Clear Lake dans l'Iowa. Le lendemain, une journaliste écrira en gros titre : « Le jour où la musique est morte. » Un confrère reprendra pour son quotidien l'édito en y changeant le sens : « Le jour où l'on a tué la musique. » Sans le prévoir, il jette de l'huile sur le feu et de la suspicion chez les fans choqués par les disparitions tragiques : l'avion s'est-il crashé à cause du mauvais temps ou quelqu'un a-t-il volontairement saboté l'appareil pour supprimer ces idoles ? Désormais, la jeunesse rebelle n'a plus besoin de cause pour se révolter. Le rock and roll est son étendard, et la guitare Fender Stratocaster, « une machine à flinguer les cols blancs ! ».

## 1954-2004 :
## Happy birthday rock and roll !

Opérant à chaque décennie, souvent violente et protéiforme, un phénomène de génération contestataire, face à l'ordre établi et au monde des adultes, le rock and roll, dès la fin des années 50, devient une culture à part entière, un phénomène de masse, foisonnant, clinquant, innovant – très vite récupéré, copié, vampirisé, exploité, samplé, détourné par l'industrie du show-business. Tout en suivant le cours de l'histoire et de ses événements, le rock and roll crée et invente au fur à mesure sa propre mythologie, avec sa cohorte d'idoles et de martyrs, de tabloïds, de succès, de disques de platine, de Music Awards, de scandales, de drames et d'impostures, mais demeure incontournable et référentiel, grâce à ses propres codes, artistiques, idéologiques, esthétiques et technologiques.

Si, aujourd'hui, le rock s'est assagi et fête son cinquantenaire, il est passé par moult phases, englobant tant de genres et d'écoles : blues, folk, country, soul, pop, funk, disco, punk, hard, reggae, Heavy Metal, grunge, rap, Dance, techno, R'n'B… qu'on a du mal parfois à le situer, si ce n'est dans son paradoxe, celui même qui continue à assurer sa survie

– à la fois l'antithèse de ce qu'il était au départ : une brèche, une révolte, une attitude, une création ; et de ce qu'il sera toujours : un formatage, un marché, une exploitation. La seule valeur qui perdure, intemporelle et stupéfiante (au sens large du terme), demeure dans la veine même de sa création et de ceux – chanteurs, auteurs, compositeurs, musiciens –, magnifiques et désespérés, qui ont bâti sa légende et gravé dans la cire et dans nos cœurs des mélodies mémorables, des textes ciselés, des refrains dévastateurs, des voix inoubliables… Et parce qu'ils étaient jeunes, purs, fous, impatients, incompris, malades, abandonnés… La mort les a fauchés vite, et sans états d'âme !

# DICTIONNAIRE
# DES DESTINS BRISÉS DU ROCK

# A

**Aaliyah.** *22 ans, 25 août 2001. Accident d'avion.* Née le 16 janvier 1979 à New York, Aaliyah Dana Haugton devient une teen idol à 15 ans, en 1994, avec « Back and Forth », son hymne R'n'B, et en défilant comme mannequin pour le styliste Tommy Hilfiger. Elle fait du cinéma avec Jet Li dans le film *Romeo Must Die*. C'est au cours de son retour du tournage de son clip, « Rock the Boat », à Marsh Harbour, aux Bahamas, le 25 août 2001, que son avion se crashe, ne laissant aucun survivant.

**Acland, Chris.** Lush. *30 ans, 17 octobre 1996. Suicide par pendaison.* Lush naît en 1988 à Londres, monté par une bande de copains. Chris Acland, né en 1966, est alors le petit ami de Miki Berenyi, chanteuse et guitariste. Il devient le batteur du groupe. Ils jouent dans les clubs londoniens et sont repérés par Robin Guthrie, membre des Cocteau Twins. Il leur fait signer un contrat chez 4AD Records, ce qui leur permet de sortir un mini-album, *Scar*, en 1989. La presse s'enflamme pour *Scar*, tout comme pour leur deuxième mini-opus en 1990. Leur premier album, *Spooky*, sort en 1992. Ils grimpent en tête du classement anglais des disques indépendants. Pourtant, le semi-échec de leur deuxième album montre leur difficulté à se faire une place avec leur dream pop, en pleine vague Metal et grunge. Début 1996, le succès revient grâce à leur single « Ladykiller », extrait de leur troisième album. Ce dernier se classe dans les vingt premiers au Top anglais, mais aux États-Unis, il reste en deçà de la cent cinquantième place. La carrière de Lush est brusquement interrompue le 17 octobre 1996. Chris Acland se pend dans la cuisine de ses parents. Personne n'a rien vu venir. Après deux ans d'incertitudes, le groupe se sépare définitivement en 1998.

**Allman, Duane.** The Allman Brothers. *24 ans, 29 octobre 1971. Accident de moto.* Le 29 octobre 1971, Duane, l'un des guitaristes majeurs de sa génération (ex-guitariste d'Aretha Franklin), s'explose en 1200 Harley-Davidson contre un camion et meurt trois heures plus tard sur la table d'opération. Il venait d'enregistrer « Layla », avec Eric Clapton. Son frère Gregg (claviers et chant) lui dédiera l'album *Eat at Peach*.

# B

**Ballard, Florence.** The Supremes. *33 ans, 22 février 1976. Arrêt cardiaque.* « Stop in the Name of Love » est la rengaine obsédante composée par Holland & Dozier pour le trio féminin le plus sexy de la Tamla Motown concurrent des Ronettes : The Supremes, avec Diana Ross, Mary Wilson et Florence Ballard. Fondé au début des années 60, il accumule les tubes, comme « You Keep me Hanging on » (1966), jusqu'en 1967, quand la sublime Diana Ross quitte le trio. Florence Ballard s'en va et ne réussit pas de conversion solo ; elle boit, prend des pilules et termine sa vie à Detroit dans une extrême pauvreté. Le 22 février 1976, son cœur lâche.

**Baloff, Paul.** Exodus. *41 ans, 2 février 2002. Crise cardiaque.* Pavel Nikolai Baloff, dit Paul Baloff, naît le 25 avril 1960. Il devient le chanteur du groupe de Trash Metal Exodus en 1981, à San Francisco. Le groupe est composé du guitariste Kirk Hammett, qui rejoint en 1983 l'ultra-célèbre Metallica. Exodus fait partie des groupes de Metal de la Bay Area, autour de San Francisco. Cette scène est très active, avec entre autres Megadeth, Anthrax, Metallica... Baloff a une voix caractéristique, reconnaissable entre mille. Il fait avec Exodus un album, *Bonded by Blood* (1985), avant de quitter le groupe en 1987. Exodus continue avec Steve Souza au chant. Paul Baloff refait un album live avec eux en 1997, *Another Lesson of Violence*. Il est réputé alcoolique, héroïnomane et bagarreur. Il meurt en 2002 d'une crise cardiaque. La nouvelle est un électrochoc pour le groupe, qui décide alors de continuer coûte que coûte, reprend Steve Souza comme chanteur et se libère de la dope. Leur album *Tempo of the Damned* est sorti en février 2004.

**Barrett, Carlton.** The Wailers. *36 ans, 17 avril 1987. Assassiné par balles.* Le 17 avril 1987, à Kingston, « Carly », le batteur des Wailers, se fait descendre en ouvrant la porte de chez lui. Avec son frère, le bassiste Aston, ils formaient la section rythmique la plus efficace de la Jamaïque, concurrençant l'autre tandem d'enfer, Sly Dunbar et Robbie Shakespeare, batteur et bassiste d'« Aux armes et caetera », l'hymne de Gainsbourg.

**Bators, Stiv.** The Lords of the New Church. *40 ans, 3 juin 1990. Accident de la circulation.* Stiv Bators est né le 22 octobre 1949 dans l'Ohio. C'est une figure marquante du punk new-yorkais. Il débute en 1975, parce qu'il est fan d'Iggy Pop et qu'il veut jouer des reprises. Pendant l'été, il forme un nouveau groupe, appelé Frankenstein. Il joue là ses premières compositions punk, mais Frankenstein peine à trouver des clubs à Cleveland qui acceptent de les accueillir. Après trois mois, le groupe splitte et Stiv part pour New York. Il y rencontre Johnny Thunder, ex-The New York Dolls, alors guitariste de The Heartbreakers. Bators adore New York. Il convainc les ex-Frankenstein de le rejoindre. Ils prennent le nom de The Dead Boys, commencent à se produire sur scène. Joey Ramone (The Ramones) est séduit, impressionné par Bators. En janvier 1977, The Dead Boys signent chez Sire, le label des Ramones. Leurs concerts décoiffent. Le mot d'ordre : « Fuck art, let's rock ! » Provocateurs, agressifs, controversés, ils sont membres à part entière de la scène punk new-yorkaise, suivis par les kids désœuvrés de la Grosse Pomme. En 1977, leur premier album, *Young Loud and Snotty*, est enregistré en quatre jours. Ils partent en tournée en Grande-Bretagne. À leur retour, leur deuxième album est produit par Felix Pappalardi, de Mountain. Commence alors la tournée américaine, qui aboutit au split du groupe, en 1979, et à un conflit violent avec leur label. L'année 1979, c'est le moment de la mort de Sid Vicious (Sex Pistols). Stiv Bators en est assez bouleversé. Il part pour Los Angeles, à la recherche de nouvelles aventures. En 1980, il rejoint The Wanderers, avec Jimmy Pursey, ex-leader de Sham 69, pour un album, puis un deuxième, où Stiv remplace Pursey au chant. Après différents projets, il monte The Lords of the New Church en 1981. Le groupe va tenir huit ans et trois albums. Les concerts sont aussi sauvages que du temps des Dead Boys, Stiv se donne à fond.

Mais là encore, l'histoire se termine mal. Stiv vire tous les membres du groupe après un différend qui les oppose. À partir de 1989, il joue solo et sort un album live enregistré à New York. Il part ensuite pour Londres, puis pour Paris pour un deuxième opus solo. Stiv n'entendra jamais le résultat de ses sessions d'enregistrement parisiennes. Le 3 juin 1990, alors qu'il retourne chez lui à pied depuis le studio, il se fait renverser par une voiture. Il se relève, apparemment indemne, et rentre à son appartement. Il succombe pendant la nuit.

**Belushi, John.** *33 ans, 5 mars 1982. Overdose d'héroïne et de cocaïne.* Le 5 mars 1982, au château Marmont Hôtel, le fondateur des Blues Brothers, avec Dan Aykroyd, meurt dans le bungalow n° 2. Comédien, animateur du célèbre Saturday Night Live et chanteur au sein des Blues Brothers, la formation de rhythm and blues composée de musiciens travaillant pour la Stax, il enregistre avec eux le mythique *Briefcase Full of Blues*, puis en 1980, à la suite du film culte *The Blues Brothers*, l'album éponyme.

**Berry, Jan.** Jan and Dean. *60 ans, 26 mars 2004. Accident de voiture.* Le 12 avril 1966, à Beverly Hills, Jan Berry se crashe en Stingray et tombe dans le coma. Il en réchappe, mais est devenu hémiplégique. Il fut avec Brian Wilson, Dick Dale, l'un des grands précurseurs de la Surf Music. Il coécrivit « Surf City », cochanta « Barbara Ann ». Il signa le titre prémonitoire « Dead Man's Curve » (le virage de l'homme mort), qui sortit quelques mois avant son accident.

**Big Bopper, The.** *29 ans, 3 février 1959. Accident d'avion.* Disc-jockey à Beaumont, Big Bopper, qui rêvait de devenir une vedette, tenta sa chance en 1958 en enregistrant un titre, « Chantilly Lace », un rock avec saxo hurleur et guitares cocottes et dont il assura lui-même la promotion. Très vite, sa chanson cartonna dans les radios, très vite il partit en tournée, très vite il mourut, hélas très jeune – comme une idole –, avec Buddy Holly et Ritchie Valens.

**Bolan, Marc.** T. Rex. *30 ans, 16 septembre 1977. Accident de voiture.* Chantre du Glam Rock, sensuel, félin, la route de Bolan (Bo-B, Dy-Lan) croise celle de Bowie et de Hendrix dans le Swinging London des sixties. Il est mannequin et comédien à 14 ans. Son beau physique et son ambition lui font enregistrer un premier single folk en 1965, « The Wizard ». Échec. Il rejoint le groupe psychédélique John's Children en 1967. Échec. Il monte un groupe avec le percussionniste Steve Peregrine, le Tyrannosaurus Rex, et signe avec Tony Visconti (futur producteur des Rita Mitsuko). Semi-échec. Mickey Finn remplace Peregrine, et Bolan simplifie le nom du groupe en T. Rex. En 1970, il enregistre « Ride a White Swan », engage le bassiste Steve Currie et le batteur Bill Legend et enchaîne les hits, comme « The Beginning of Doves ». Avec son look androgyne, ses platform boots, il lance la mode Glam and Glitter, mais le succès s'essouffle au milieu des années 70. Un soir de septembre 1977, la voiture conduite par sa compagne, Gloria Jones (la chanteuse de

Tainted Love), s'écrase contre un arbre à Barnes Common, et Marc Bolan meurt sur le coup.
Steve Peregrine, lui, est mort en 1980, étouffé par un champignon, et Steve Currie disparaît, peu de temps après, en 1981.

**Bonham, John.** Led Zeppelin. *32 ans, 25 septembre 1980. Étouffé dans son vomi.* C'est Keith Moon, le batteur des Who, qui, en octobre 1968, a conseillé aux New Yardbirds de prendre comme nom de groupe celui du célèbre dirigeable : « Vous allez tous cramer et foutre le feu ! Heil ! » Led Zep ouvre le bal du hard rock et prend son envol, avec Robert Plant, à la voix supersonique de Stuka, Jimmy Page à la guitare, John Paul Jones à la basse et Bonham à la batterie. Sept albums, produits entre 1969 et 1980, signeront la légende (dont *Led Zep IV*, en 1971, avec « Stairway to Heaven »), mais en 1975, Robert Plant est hors circuit pendant deux ans à la suite d'un grave accident de voiture. Le 25 septembre 1980, à la veille d'une tournée américaine, John Bonham boit des litres de vodka chez son copain Jimmy Page, sombre dans un coma éthylique et meurt étouffé dans son vomi.

**Bono, Sonny.** Sonny & Cher. *62 ans, 5 janvier 1998. Accident de ski.* Avec la belle Cherilyn Sarkasian, alias Cher, le duo flirta avec le succès, quand le petit Salvatore Bono, de l'écurie Phil Spector, écrivit et produisit « I Got you Babe », en 1965. Cher était alors choriste des Ronettes et des Crystals. En 1967, nouveau hit, avec « The Beat Goes on », puis le couple divorça et Sonny devint le maire de Palm Springs, en Californie. Le 5 janvier 1998, il skiait à Lake Tatoe et dévissa sur une paroi glacée. Le shérif retrouva son corps au bout de deux heures.

**Box, David.** The Crickets. *22 ans, 23 octobre 1964. Accident d'avion.* David remplaça Buddy Holly, en tant que chanteur, au sein des Crickets, puis rejoignit Buddy & The Kings, avec Buddy Groves à la guitare, Carl Banks à la basse et Bill Daniels à la batterie. Daniels étant pilote professionnel, le quatuor loua un Cessna Skyhawk 172 pour assurer une date à Harris County. Le 23 octobre 1964, l'avion s'écrasa juste avant l'atterrissage et tua aussi les trois membres du groupe Buddy & The Kings.

**Buchanan, Roy.** *48 ans, 21 août 1988. Suicide par pendaison.* Mucisien prolifique, né en 1939, à Orzak, Alabama, guitariste éclectique, passant du blues au rock, au jazz ou à la country, il contribue avec sa Fender Telecaster à plus d'une centaine de groupes ; hormis l'album *Loading Zone*, il sortira quatorze albums solo, dont deux titres remarquables « Green Onions » et « Ramon Blues » en collaboration avec Steve Cropper ; timide, introverti, il a du mal à vivre sans boire d'alcool et se retrouve souvent en cellule de dégrisement ; après plusieurs tentatives de suicide ratées, il réussit à se pendre dans un mitard d'Alabama, le 21 août 1988, alors que les flics cherchaient à joindre son avocat pour payer sa caution.

**Buckley, Jeff.** *30 ans, 29 mai 1997. Noyade.* Il y avait quelque chose de « douloureux, de mystique » autant dans la voix d'alto que dans les traits angéliques et tourmentés du beau visage de Jeff. Chacun de ses concerts (Olympia, Paris, 6 juillet 1995) laisse une trace indélébile chez l'aficionado ou chez le spectateur novice, inspirant – lorsque Jeff apparaît sur scène – le sentiment fascinant que l'on vit avec lui « sa » musique sur le fil du rasoir, en déséquilibre contrôlé. De par ses improvisations radicales entre rocks costauds d'inspiration Led Zep et blues acoustiques à l'intimité poignante tel Hank Williams, Buckley s'exprime toujours dans l'exutoire de sa douleur d'orphelin damné – fils du chanteur rock folk Tim Buckley mort à 28 ans – et la conscience précoce de son immense talent et de la revanche qu'elle engendrait, lui qui – très tôt – considérait que la vie ne lui avait pas fait de cadeau. Abandonné, donc, par son père juste après sa naissance, Jeffrey Scott Moorhead, né le 17 novembre 1966, est élevé par sa mère Mary Guibert, une pianiste intello, et son beau-père Ron Moorhead. Jeff ne verra son vrai père, Tim, qu'une fois, et ce dernier mourra d'overdose un mois plus tard. Après une enfance turbulente à Orange County en Californie, où il fait les quatre cents coups avec son demi-frère Keith, Jeff se passionne pour la musique, écoutant Led Zeppelin, Leonard Cohen, Miles Davis, Édith Piaf, les Doors.

Après un déménagement à New York, le divorce de sa mère, Jeff revient en Californie, prend des cours au Guitare Institute de L.A. et joue avec Shinehead, un groupe de reggae-rap, tout en composant ses premiers titres qui figureront sur l'album *Grace* (sorti en 1994).

Il rencontre le guitariste Michael Tighe, le batteur Matt Johnson et le bassiste Mick Grondhal. Ensemble, ils se produisent dans un café (*Live at Sin-E*, 1993), où Jeff crée l'événement et signe avec Columbia pour trois albums. Le groupe part en tournée : Australie, Japon, Europe. En 1995, deux lives sortiront en mini-album, le Hard Lucky Tour et le concert du Bataclan. Les critiques le suivent dans son ascension et on lui prédit une carrière à la Dylan, sauf que Jeff refuse toute filiation (Rimbaud et Morrison) et pour cause : sa notoriété le fragilise et l'ombre de son père le poursuit jusque dans ses démons où seuls les drogues et l'alcool apaisent sa sensibilité à fleur de peau. En février 1997, il enregistre avec ses copains, à Memphis, son deuxième album, *My Sweetheart the Drunk*, et se produit le soir au Barrister's. Mais Jeff est insatisfait de son travail en studio et désire refaire seul ses démos. Son groupe rentre à New York. Le soir du 29 mai 1997, alors que Matt et Mick venaient juste de le retrouver à Memphis, ils décident d'aller boire et fumer sur une rive du Mississippi. Jeff se baigne et s'amuse. Il s'éloigne tandis que deux bateaux se croisent et provoquent des vagues. Jeff disparaît. Son corps ne sera retrouvé que le 4 juin, au bord du marais de Beale Street, un faubourg de Memphis. Dans les eaux troubles du Mississippi, la légende est née… Celle de Jeff Buckley, l'archange fragile.

**Buckley, Tim.** *28 ans, 29 juin 1975. Overdose d'héroïne.* Le 29 juin 1975, à Santa Monica, Tim, revenu d'un concert à Dallas où il a joué devant mille huit cents personnes, déboule chez son ami, Richard Keeling, car il veut de l'héroïne. Tim est déjà soûl et provoque Richard, qui, excédé, sort d'une enveloppe une grosse quantité de poudre qu'il pose sur la table : « Prends tout si tu veux ! » Tim le prend au mot et sniffe la totalité ; aussitôt après, il pète les plombs et hurle dans le jardin en frappant les arbres. Richard et un ami le ramènent chez lui, où Judy Buckley, sa femme, l'attend et le couche. Plus tard, elle appelle les secours, car Tim respire difficilement. Quand ils arrivent, le cœur de Buckley vient de lâcher. L'auteur-compositeur, souvent incompris, laissera sept albums, dont *Happy Sad* et *Greetings From L.A.*

**Burnette, Johnny.** *30 ans, 1er août 1964. Noyade.* Proche d'Elvis qu'il côtoie à ses débuts à Memphis, Johnny fait partie du fameux cru Rockabilly 1955 comme Gene Vincent et Carl Perkins et partage avec eux les têtes d'affiches des premières tournées rock. Avec son frère Dorsey à la basse, et son copain de lycée Paul Burlison à la guitare, ils forment un trio et sont repérés en novembre 1956 par Alan Freed, qui les engage dans son film documentaire *Rock Rock Rock !* En 1957, le trio splitte et devient un duo Johnny & Dorsey Burnette. Les deux frangins écrivent un tube, « You're Sixteen », qui grimpe à la place n° 10 des charts anglais. En 1964, Johnny part en solo et monte son label Magic Lamp. Le 1er août à Clear Lake, en Californie en allant pêcher, il tombe de son bateau et se noie.

**Burton, Cliff.** Metallica. *24 ans, 27 septembre 1986. Accident d'autobus.* Né le 10 février 1962, à San Francisco, Clifford Lee Burton fait ses premières armes dans des groupes tels que Ez Street, Angels of Misfortune et Chicken Fuckers avec Jim Martin (ex-Faith No More). De formation classique, Cliff s'imprègne de différents styles : classique, blues, jazz et country. Il devient ensuite le bassiste du groupe Trauma, devenu populaire grâce à « Such a Shame », qui figure sur la compilation *Metal Massacre II.* Le 28 octobre 1982, au cours d'un concert au Troubadour, à Los Angeles, Brian Slagel, de Metal Blade Records, ami de Lars Ulrich, batteur du groupe Metallica, conseille à Cliff de jouer avec eux. Il accepte et donne son premier concert le 5 mars 1983 au The Stone de San Francisco. Entre mars 1982 et septembre 1986, à Stockholm, Cliff jouera sur *Kill'em All, Ride the Lightning* et *Master of Puppets.* Sans oublier les tournées qui ont suivi ces albums : Kill'em All for One Tour (1983), Ride the Lightning Tour (1984-1985), Castle Donington (1985), Damage Inc. Tour (1986) et le Master of Puppets Tour (1986). Le 27 septembre 1986, alors que Metallica se dirigeait vers Copenhague pour son prochain spectacle, le chauffeur du bus perd le contrôle de son véhicule. Cliff meurt sur le coup.

# C

**Caldwell, Ronnie,** voir **Redding, Otis.**

**California, Randy.** Spirit. *46 ans, 2 janvier 1997. Noyade.* Guitariste prodigieux, dès l'été 1966, Randy « Wolfe » fit partie des Blue Flames, le premier groupe de Jimi Hendrix. C'est Jimi qui changea son nom de famille de « Wolfe » en « California ». En 1967, Randy crée Spirit, à Los Angeles, combo tendance rock, fuzz, jazz, blues, country, et classera ses dix albums dans le Top 100 USA. Le 2 janvier 1997, à Molokaï, Hawaii, Randy, qui se baigne dans les vagues, va porter secours à son fils de 12 ans, Quinn. Il réussit à le mettre hors de danger, mais une lame de fond l'emporte.

**Carr, Eric.** Kiss. *41 ans, 24 novembre 1991. Cancer.* Paul Charles Caravello, alias Eric Carr, est né le 12 juillet 1950, à Brooklyn, New York. Il commence sa carrière comme chanteur-batteur du groupe The Cellarmen, puis intègre Salt and Pepper avant de rejoindre Flasher. En 1980, il devient le batteur du groupe Kiss, mais excelle dans de multiples domaines : il compose, joue de la basse, de l'harmonica. Surnommé « le Renard », Eric apporta une toute nouvelle dimension au son de Kiss, avec un style lourd et puissant. En novembre 1991, Eric Carr décède d'un cancer. Le groupe est abattu, mais décide de reprendre la route après un nouvel album enregistré avec un nouveau batteur, Eric Singer, en 1992, *Revenge*.

**Cass, Mama.** The Mamas and the Papas. *27 ans, 29 juillet 1974. Overdose d'héroïne*. Chanteuse des Mamas and the Papas, groupe formé en 1965 avec Michelle et John Phillips (guitare et piano), Denny Doherty (guitare). Comme les Beach Boys, leurs amis (John Phillips cosigne le numéro un « Kokomo » des Beach Boys en 1988), The Mamas and the Papas cartonnent avec leurs harmonies vocales et enchaînent les tubes, « Monday Monday », numéro un aux États-Unis en mai 1966, et « California Dreamin' », avant de se séparer, en 1968. Mama Cass enregistre en solo, avec succès, « Dream a Little Dream of me », et meurt d'une overdose en juillet 1974.

**Castillo, Randy.** Mötley Crue. *41 ans, 17 mars 2002. Cancer.* Batteur d'Ozzy Osborne, Randy remplace Tommy Lee (ex-M. Pamela Anderson), lorsque ce dernier décide de fonder Methods of Mayhem, en 1999. Nikky Sixx, le bassiste de Mötley Crue, annonce la triste nouvelle le 17 mars 2002 : « Randy était un grand batteur, une bonne personne, quelqu'un de spirituel et profond… Le cancer l'a terrassé. »

**Clark, Steve.** Def Leppard. *31 ans, 8 janvier 1991. Overdose.* Né en 1960, Steve Clark était le second guitariste du groupe anglais de Heavy Metal Def Leppard. Le groupe a été fondé à Sheffield en 1977. Clark les rejoint en 1978. Repérés après une démo par le manager d'AC/DC, ils sont signés chez Mercury et leur premier album, sorti en 1980, se classe premier dans les charts anglo-saxons. Ils font la première partie d'Ozzy Osbourne aux États-Unis. Leur deuxième album, *Hugh and Dry* (1981), devient disque de platine. Après des départs successifs, le groupe reprend son équilibre vers 1982 avec Joe Elliot au chant, Rick Allen à la batterie, Phil Collen à la lead guitare et Rick Savage à la basse. L'album *Pyromania* qui en découle, sorti en 1983, est un véritable raz-de-marée mondial : dix millions de copies sont écoulées grâce aussi à leurs clips, qui passent en boucle sur MTV. Mais le 31 décembre 1984, le batteur Rick Allen perd son bras gauche dans un violent accident de voiture. On croit le groupe fini. Il n'en est rien. Allen se fait confectionner une batterie spéciale avec la caisse claire au pied et se remet au boulot avec acharnement. En 1986, il assure la tournée et, en 1987, l'album *Hysteria* est un énorme succès commercial, avec les singles « Pour Some Sugar on Me » et « Armageddon it ». À la fin des années 80, Steve Clark, alcoolique, s'enfonce. Il est à peine capable d'enregistrer ses parties de guitare en studio. Il s'éloigne un peu de la musique pour se remettre en état, mais il meurt d'une overdose le 8 janvier 1991, le groupe est alors au sommet de sa gloire. En 1993, Def Leppard, après le succès du single « Two Steps Behind », sort *Retroactive*, un album en hommage à Steve Clark, exhumant des morceaux inédits, qui fonctionne très bien. Depuis, le groupe, avec Vivian Campbell à la guitare rythmique, continue de sortir plus ou moins régulièrement des albums.

**Cobain, Kurt.** Nirvana. *27 ans, 5 avril 1994. Suicide.* Kurt Donald Cobain naît près de Seattle en octobre 1967. Enfant tourmenté, il est mis sous sédatifs dès l'âge de 7 ans. Il ne supporte pas le divorce de ses parents et fugue régulièrement de chez lui. À 14 ans, il s'achète sa première guitare. Adolescent, il devient roadie, commence des études, mais abandonne avant le diplôme. Il forme Nirvana en 1986 avec son pote Krist Novoselic, bassiste, et Chad Channing à la batterie. Ils enregistrent *Bleach*, leur premier album, en 1989, sur le label SubPop. L'album est bouclé en trois jours pour six cents dollars. Leur succès est suffisant pour que le contrat soit acheté par Geffen Records. Dave Grohl remplace rapidement Channing à la batterie. En 1991, ils entrent en studio pour *Nevermind*, leur deuxième album. Le single « Smells Like Teen Spirit » les propulse en tête de tous les charts de la planète. La légende Nirvana est née, dans laquelle se reconnaît toute une partie de la jeunesse occidentale, désœuvrée et désorientée. Kurt Cobain n'en reste pas moins une personnalité fragile. Il tombe dans l'héroïne et reste à l'écart de la folie qui entoure Nirvana et ses fans. En 1992, Kurt épouse Courtney Love, leader du groupe Hole, rencontrée en studio. La même année naît leur fille, Frances Bean. Après une compilation de faces B et d'inédits appelée *Incesticide*, Nirvana sort son quatrième album, *In Utero*, en 1993. La même année, en novembre, Nirvana est invité par MTV à présenter un show, *Unplugged*. Ce concert acoustique reste légendaire. Le groupe part ensuite en tournée en Europe, mais Kurt Cobain s'enfonce. En mars 1994, il fait une overdose de médicaments à Rome, après un concert. Personne ne saura dire s'il s'agit d'une erreur de médication ou d'une tentative de suicide. Cobain est envoyé en cure de désintoxication à Los Angeles. Mais il la quitte avant terme et disparaît pendant cinq jours. Le 8 avril 1994, il est retrouvé chez lui, dans son atelier, une carabine à ses pieds et une balle dans la tête. Il a également pris une quantité d'héroïne démentielle. Le médecin légiste estime le décès au 5 avril. L'annonce de sa mort a un retentissement énorme. Les milliers de fans sont effondrés. Quelques-uns se suicident pour le rejoindre et pour connaître la même fin que lui. Cobain a laissé une lettre, qui s'adresse notamment à ses fans, dans laquelle il explique son envie de s'éloigner de la musique et du succès. Il ne parle pas réellement de suicide.

Autour de sa mort planent alors des théories selon lesquelles Cobain ne se serait pas suicidé, mais aurait été assassiné. La rumeur la plus forte voit en Courtney Love la coupable évidente, manipulatrice et malfaisante. Pour alimenter cette théorie, la quantité d'héroïne absorbée par Cobain, qui représente largement une dose mortelle et qui aurait au moins dû plonger Kurt dans un coma profond, l'empêchant d'appuyer sur la gâchette. Le plus grand détracteur de Courtney est le détective privé qu'elle avait engagé pour retrouver Cobain pendant les cinq jours de sa disparition, Tom Grant. Il est persuadé de la duplicité de Courtney. Il participe à l'écriture, en 1998, du livre *Who Killed Kurt Cobain ?* (de Ian Halperin et Max Wallace, journalistes), qui développe la théorie donnant Courtney Love coupable. La vérité, quelle qu'elle soit, éclatera-t-elle un jour ? Rien n'est moins sûr. Les cendres de Kurt ont été dispersées pour un tiers dans un temple bouddhiste de New York, pour un tiers dans la rivière Wishkah, dans l'État de Washington. Le dernier tiers est en possession de Courtney Love.

**Cochran, Eddie.** *21 ans, 17 avril 1957. Accident de voiture.* Eddie est précoce : première guitare à 12 ans, premier groupe à 15 ans, avec Connie « Guybo » Smith à la basse, son copain du lycée de Bells Garden, à Los Angeles, qui l'accompagnera tout au long de sa carrière. En 1954, Eddie voit Elvis Presley en concert à Dallas et prend la claque de sa vie. Il a compris l'avenir du rock ! Il change de coiffure, s'achète une guitare Gretsch orange, signe chez Liberty Records, et rencontre Gene Vincent, en 1956, sur le tournage de *The Girl Can't Help* (*La Blonde et moi*). C'est en 1960, au cours de leur tournée anglaise, que les deux jeunes stars et Sharon Sheeley, la petite copine de Gene, foncent en taxi à l'aéroport de Heathrow. Vitesse, pluie, dérapage, l'accident est violent. Gene et Sharon sont gravement blessés.

Eddie meurt sur le coup, à 21 ans, le 17 avril, laissant en testament deux chefs-d'œuvre du rock and roll : « Summertime Blues » et « C'Mon Everybody ». Pourtant, le titre posthume et prémonitoire qui monte à la place la plus élevée dans les charts anglais, en juin 1960, est « Three Steps to Heaven ».

**Collins, Allens.** Lynyrd Skynyrd. *37 ans, 23 janvier 1990. Pneumonie.* Né en 1952, Collins, guitariste à l'origine des Lynyrd Skynyrd, survécut au crash d'avion qui tua ses partenaires en 1977, mais un terrible accident de voiture en 1986, à Jacksonville, tua sa petite amie et lui paralysa définitivement une grande partie du corps. Il venait juste de fonder un nouveau groupe, le Rossington Collins Band. Diminué, déprimé, malade, il fut admis à l'hôpital en septembre 1989 et décéda le 23 janvier 1990.

**Collins, Rob.** The Charlatans. *33 ans, 22 juillet 1997. Accident de voiture.* Rob Collins grandit en Grande-Bretagne, où il naît le 23 février 1963. Rêveur, il n'aime pas l'école et préfère aller pêcher ou jouer du piano. Rob est fan de punk, admire et reproduit le rock and roll way of life. Il boit excessivement, provoque et cherche la bagarre. En 1989, il monte The Charlatans à Manchester. Il est au clavier, Jon Brookes à la batterie, Jon Baker à la guitare et Martin Blunt à la basse. Ils trouvent leur chanteur, Tim Burgess, sur casting. Leur deuxième single, sorti en 1990, « The Only One I Know », devient rapidement un tube. Leur album *Some Friendly* se classe en tête des ventes. S'ensuivent une tournée aux États-Unis, un changement de guitariste et un deuxième album au retentissement limité. Rob Collins continue sa vie chaotique, aime disparaître pendant plusieurs jours et simuler des suicides. Il finit par être arrêté et emprisonné huit mois en 1994, pour vol à main armée. Pendant son incarcération, The Charlatans sort *Up to Our Hips*, troisième album, qui est un immense succès. Le 22 juillet 1997, alors que Rob se rend au studio d'enregistrement, il perd le contrôle de son véhicule. L'accident est violent, Rob est grièvement blessé. Il meurt dans l'ambulance qui l'emmène à l'hôpital. Depuis, The Charlatans continuent leur route.

**Cooke, Sam.** *24 ans, 10 décembre 1964. Assassiné par balles.* Comme beaucoup de Noirs américains, imprégné du traditionnel vieux Sud, Sam fait ses débuts en 1946 dans la chorale gospel, à l'église baptiste de son quartier. Il forme un groupe, les Sul Stirrers, avant de se lancer en solo, en 1957, sous le pseudo de Dale Cook, car il ne veut choquer ni sa famille ni le bon Dieu. L'incantation religieuse sera très présente dans ses compositions : « Stand by me » (titre original : « God Is Standing by me »), « Wonderful World », « A Change Is Gonna Come ». Il signe chez RCA, le même label qu'Elvis, et, en 1961, il est numéro deux dans les charts américains, avec « Chain Gang », et numéro neuf avec « Twistin' the Night Away », en 1962. Cooke chante beaucoup ses malheurs : sa femme est morte dans un accident de voiture, et son jeune fils s'est noyé dans une piscine. Le 10 décembre

1964, il rencontre Élisa Boyer, 22 ans, à une fête et l'emmène à l'Hacienda Motel à South Figueora, car chez lui l'attend sa seconde épouse. Des témoins prétendent qu'une dispute a éclaté dans la chambre, qu'Élisa s'est enfuie en petite culotte en hurlant dans la nuit. Et une matrone, la grosse Bertha Franklin (la gérante de l'hôtel), a sorti sa Winchester pour shooter trois fois dans ce pauvre Sam ; comme ce dernier continue à ramper vers elle, Bertha l'achève à coups de crosse sur la tête. Pauvre Cooke, son corps a fait « Shake, baby, shake » une dernière fois et il est monté direct au ciel.

**Crash, Darby.** The Germs. *21 ans, 7 décembre 1980. Overdose d'héroïne.* Darby Crash s'appelait Jan Paul Beahm. Né en 1959, Jan est un ado tourmenté et toxico (père inconnu, grand frère mort d'une overdose), fou de la scène Glam californienne et du groupe The Runaways. En 1977, il décide, avec son copain George Ruthenberg, de monter un groupe, sans jamais avoir touché un instrument. Ils créent The Germs, Ruthenberg, se rebaptisant Pat Smear, à la guitare, et Jan « Darby Crash » au chant. Le duo embauche bassiste et batteur pour les concerts. Ces derniers ressemblent plus à des confrontations bruyantes et alcoolisées qu'à une quelconque performance musicale, mais Crash se compose sur scène un personnage volcanique et fascinant, se lacérant le torse, vociférant hors micro et provoquant volontiers un public bouche bée. Leur unique album, *GI's*, sort en 1979 et devient un vrai succès underground de la scène punk de Los Angeles.

Crash est surnommé le « West Coast Sid », en référence à l'Anglais Sid Vicious, des Sex Pistols. Mais Darby Crash s'enfonce salement dans l'héroïne et le groupe splitte au printemps 1980. Il part faire un tour en Grande-Bretagne, revient transformé par ses rencontres à Londres. Relooké en iroquois surmaquillé, il crée alors le Darby Crash Band, mais abandonne après quelques semaines à peine. Le 3 décembre 1980, The Germs se reforme pour un concert unique au club Starwood de Los Angeles. Ceux qui y étaient témoignent aujourd'hui encore d'un spectacle hallucinant, unique et déjanté. Quatre jours plus tard, le 7 décembre, Darby Crash meurt d'une overdose. Il avait 21 ans. On aurait retrouvé près de lui une note, « Here lies Darby C… ». Overdose volontaire ? Auquel cas, la mort l'aurait cueilli avant qu'il ait pu finir d'écrire son nom. Son décès fait grand bruit, mais est vite effacé par un drame bien plus retentissant : l'assassinat de Lennon, le 8 décembre, le lendemain du décès de Crash.

**Cunningham, Carl**, voir **Redding, Otis.**

**Curtis, Ian.** Joy Division. *23 ans, 18 mai 1980. Suicide par pendaison.* Né le 15 juillet 1956 à Stretford, Ian Curtis ne fut pas le fondateur du mythique Joy Division. Pourtant, il en fut l'âme, à tel point que le groupe ne lui a pas survécu. Poète tourmenté, à la beauté troublante, ses prestations sur scène laissent le souvenir d'un pantin désarticulé, accroché à son pied de micro, titubant, gesticulant avant de partir dans des mouvements frénétiques rappelant les crises d'épilepsie auxquelles il était sujet. Après la déferlante punk des Sex Pistols, Joy Division, en 1978, est le précurseur de la ColdWave, vague froide, en résonance à l'ambiance de leur premier album, *Unknown Pleasure* : mélancolique, sombre, déprimante. C'est la basse qui est au cœur de leurs compositions, et non la guitare, qui se contente de donner le rythme. L'album grimpe immédiatement en tête des ventes. Groupe scandaleux, Joy Division a fait polémique, notamment par le nom choisi, qui fait référence aux bordels allemands installés au cœur des camps de concentration. Sans aucune visée politique, Joy Division joue la carte de la provocation, et ça marche. Ian Curtis, pourtant, reste tourmenté et insatisfait. Marié à Deborah Woodruffe depuis 1975, il est père d'une petite fille, Natalie, depuis 1979. Il est d'une santé fragile, les tournées sans fin du groupe ajoutent à sa déprime chronique. Le 18 mai 1980, à 23 ans, on le retrouve pendu dans sa cuisine, juste avant la tournée américaine et la sortie d'un second album. Certains diront qu'il s'est suicidé pour ne pas avoir supporté d'avoir à choisir entre sa femme et une jeune fille rencontrée en Belgique dont il était tombé amoureux. Leur album *Closer* sort comme prévu quelques semaines après le drame. C'est à nouveau un triomphe. Les textes et la voix de Ian y sont toujours plus désespérés. Mais après cet opus posthume, la survie de Joy Division n'a plus de sens. Les membres du groupe, le guitariste Bernard Summer, le bassiste Peter Hook et le batteur Stephen Morris, forment un nouveau groupe, New Order, et se lancent dans l'électro-pop.

# D

**Darin, Bobby.** *37 ans, 20 décembre 1973. Crise cardiaque.* Robert Walden Cassotto, né le 14 mai 1936, dans le Bronx, a eu une enfance difficile. Orphelin de père et de santé fragile, Bobby se réfugie dans la musique et débute comme batteur à l'âge de 15 ans. Il auditionne en même temps comme acteur et propose, dès 1956, ses chansons à Decca Records. Le succès arrive avec « Queen of the Hop », « Dream Lover », et le célèbre « Mack the Knife », tube de 1959 qui lui vaut un Grammy Award et le titre de « meilleur nouvel artiste de l'année ». Mais Bobby vit à deux cents à l'heure, persuadé qu'il ne vivra pas longtemps. Enchaînant les films (*State Fair, Captain Newman*), il est nominé aux Oscars en 1963, enregistre des hits comme « If I Were a Carpenter » (« Si j'étais un charpentier », repris par Johnny Hallyday) en 1966, puis se produit à Las Vegas, et apparaît dans les émissions de télévision comme le *Perry Como Show*.

Il s'engage aux côtés de Robert Kennedy et se trouve profondément affecté lors de son assassinat

en 1968. Bobby change de cap, quitte le métier et habite un mobile home à Big Sur, en Californie. Là, sa mère, Polly, lui apprend qu'elle est sa grand-mère et que Nina, sa sœur, est sa vraie mère.
En 1970, Bobby Darin tente un come-back en signant avec la Motown. Sans succès.
Le 20 décembre 1973, alors qu'il se fait opérer du cœur, il meurt d'une attaque à Los Angeles. En 1990, il est intronisé au Rock and Roll Hall of Fame.

**« Dead ».** Mayhem. *22 ans, 12 avril 1991. Suicide.*
« Dead », de son vrai nom Per Yngve Ohlin, né en 1969, fut le chanteur du groupe norvégien Mayhem, emblème du Black Metal. Guitares ultra-rapides et voix sataniques saturées, le Metal est poussé dans ses retranchements les plus primitifs. Derrière la musique, un goût absolu pour la mort, le diable, le sang. « Dead » était fasciné par les snuff movies, se trimballait régulièrement avec un corbeau mort dans son sac et montait parfois sur scène avec des têtes de cochons décapités, avant de s'automutiler avec des tessons de bouteille jusqu'à l'évanouissement. Peu de surprise, donc, lorsqu'on le retrouve mort chez lui, en avril 1991, suicidé d'une balle de fusil dans la tête. C'est Euronymous, fondateur et guitariste de Mayhem, qui découvre son corps. Avant de prévenir la police, il prélève des morceaux de crâne (avec lesquels il se fait un bracelet) et de cervelle, qu'il déclarera ensuite avoir cuisinés et dégustés, mais l'on ne saura jamais si c'était uniquement une provocation morbide. Il prend égale-

ment le temps de faire quelques photos. Il choisit l'une d'entre elles, montrant « Dead » mort sur son lit, comme pochette de l'album live *Dawn of the Black Hearts*, fin 1991. Aujourd'hui, au-delà du folklore glauque, « Dead » reste un chanteur reconnu et admiré par les fans de Black Metal radical.

**Drake, Nick.** *26 ans, 25 novembre 1974. Overdose de médicaments.* Né le 19 juin 1948, Nick grandit à Birmingham. Influencé par Randy Newman, Bob Dylan, Van Morrison, Tim Buckley, il laissera une œuvre aussi poétique que mélancolique : « Je ne peux plus penser aux mots, je ne ressens plus la moindre émotion. Je ne veux plus rire ou pleurer. Je suis paralysé. À l'intérieur, je suis mort. » Nick Drake le solitaire communique avec ses instruments : clarinette, saxophone, piano, et surtout la guitare. De 1968 à 1972, il compose trois albums, dont *Five Leaves Left*, qui sort en 1969. *Bryter Layter*, album plus jazzy et presque ensoleillé, sort en 1970. Enregistré en deux nuits, *Pink Moon*, son troisième album (1972), demeure l'album le plus obscur du chanteur, témoin d'une longue dépression. « J'aimerais rencontrer quelqu'un qui a traversé ce que je traverse actuellement », confiera-t-il à une amie. L'hôpital psychiatrique et une interminable cure de psychotropes plongent l'homme dans les bas-fonds. Pourtant, Nick Drake semble reprendre goût à la vie en 1974, alors qu'il rend visite à Françoise Hardy, à qui il venait offrir ses chansons. Le 25 novembre, Molly Drake, sa mère, le découvre mort sur son lit.

# E

**Edwards, Richey James.** The Manic Street Preachers. *27 ans, 1er février 1995. Disparition.* Né en décembre 1967, Richey James Edwards participe à la création de The Manic Street Preachers, en 1989, au pays de Galles, avec trois copains de lycée. Richey est le guitariste rythmique, bien que piètre musicien. Il est surtout doué pour les textes, qu'il écrit dès les débuts du groupe. En 1990 sort leur premier album. Ils deviennent rapidement des stars en Grande-Bretagne et attirent les médias. Richey James ne cache pas au public son mal-être et son comportement autodestructeur. Poète tourmenté, sombre et rebelle, il va jusqu'à se graver « 4 Real » sur l'avant-bras avec un cutter pendant une interview. Il est également alcoolique, ne peut s'endormir sans avoir ingurgité une bouteille de vodka, s'écrase des cigarettes allumées sur le corps, devient anorexique. La plupart de ses textes évoquent son mal de vivre. En 1994, *Holy Bible*, le troisième album, se classe en tête des ventes, tout comme le précédent. Fin janvier 1995, le groupe doit s'envoler pour une tournée promotionnelle. À Londres, ils séjournent à l'hôtel avant leur départ. Richey James est de plus en plus déprimé. Le 1er février 1995 au matin, James Dean Bradfield, le chanteur et guitariste, tente de le joindre dans sa chambre, sans succès. Richey a disparu. Personne ne retrouvera jamais sa trace. Au bout de quelques mois, il est présumé mort par les autorités britanniques. The Manic Street Preachers continuent leur route sans lui, sortant un album, dès 1996, qui triomphe dans les charts. Une partie des fans du groupe reste encore aujourd'hui très attachée à Richey James Edwards.

**Euronymous.** Mayhem. *26 ans, 11 août 1993. Poignardé.* Membre fondateur du groupe Mayhem, Euronymous, né en 1967 Oystein Aarseth, est un guitariste passionnément engagé dans le mouvement Black Metal norvégien. Dès l'âge de 17 ans, il monte son premier groupe et veut s'imposer comme le meneur du milieu. Il crée autour de sa musique, très rapidement, toute une imagerie sataniste. Habillé de cuir noir, de pointes et de chaînes en tout genre, il est également un adepte du *corpse painting*, maquillages de scènes blafards et horrifiques. En 1987, après un premier album, il devient véritablement le représentant de la culture Metal underground. Il fonde l'Inner Black Circle, le cercle des représentants du véritable Black Metal et se lance dans un activisme douteux. L'Inner Black Circle est soupçonné notamment de toute une vague d'incendies d'églises en Norvège au début des années 90. Après la mort de « Dead », en 1991, le groupe se cherche. Le bassiste abandonne Mayhem. Euronymous prend donc à la fois un nouveau chanteur, Attila, et un nouveau bassiste, Burzum, de son vrai nom Varg Vikernes, qui a sorti plusieurs albums en solo sur le label d'Euronymous. Mais Burzum a également des prétentions de leader charismatique et leurs rapports dégénèrent rapidement. Le matin du 11 août 1993, on retrouve Euronymous dans l'escalier de son immeuble, le corps perforé de vingt-trois coups de couteau. Après quelques jours d'enquête, Burzum, âgé de 20 ans, est arrêté. Il avoue le meurtre, qu'il explique par la nécessité de régler son compte à un traître de la cause Black Metal, un communiste et un homosexuel. Il purge actuellement sa peine de vingt et un ans d'emprisonnement. Depuis sa cellule, il continue de sortir des albums et d'avoir un groupe de fans absolus, qui attend avec impatience la sortie de taule de leur maître spirituel. Un autre petit groupe de déjantés est quant à lui resté fidèle à Euronymous, et s'ils brûlent eux aussi d'envie que Burzum soit relâché, c'est pour lui faire payer son crime. La suite à l'horizon 2015…

**Evans, Tom.** Badfinger. *35 ans, novembre 1983. Suicide par pendaison.* À l'origine guitariste rythmique, Tom passe à la basse Fender dès son arrivée au sein de Badfinger et forme un trio imparable de compositeurs-interprètes avec Pete Ham et, surtout, Joey Molland. Ensemble, ils travaillent autant la mélodie des chansons que le ciselé des textes. Tony Visconti les produit, et leur apogée les conduira aux concerts mémorables au Paris Theater de Londres, les 8 juin 1972 et 10 août 1973. Mais après la mort de Ham, le groupe, bancal, accumule les échecs. Déjà, leur album *Wish You Were Here*, réalisé en 1974, n'avait pas trouvé d'écho auprès du public, malgré des critiques élogieuses. En 1978, le groupe amorce un retour avec *Airwaves* signé chez Elektra avec Tony Kaye, ex-Yes, aux claviers, et Nicky Hopkins, pianiste pour les Stones et les Beatles. En 1981, *Say no More* sort dans l'indifférence sur un petit label et, fin 1983, le groupe splitte. Tom Evans réitère le geste désespéré de son ami disparu et se pend dans sa maison du Surrey.

# F

**Falco.** *40 ans, 6 février 1998. Accident de voiture.* Johann Holzel, aristocrate autrichien, enfant prodige de formation classique, éclate en 1982 avec « Der Kommisar », puis en 1986 avec « Rock me Amadeus ». Physique de play-boy, charisme incroyable, il est l'un des rares Austro-teutons (à part Sag Warum, de Camillo, en 1961) à franchir les frontières discographiques. Le vendredi 6 février 1998, à 22 heures, alors qu'il roule en voiture de sport, à Puerto Plata, en République dominicaine, où il passe des vacances, Falco se prend un bus de plein fouet et meurt quelques heures plus tard à l'hôpital Aybar, à Santiago.

**Farndon, Pete.** The Pretenders. *30 ans, 14 avril 1983. Overdose.* Né le 2 juin 1952, Pete Farndon, le bassiste, rejoint en 1978 Chrissie Hynde, la chanteuse-guitariste (née en 1951 dans l'Ohio mais exilée à Londres en 1973) et future Mme Ray Davies (The Kinks), au sein de la formation punk-rock, The Pretenders. Ensemble, ils cartonnent avec leur troisième single, « Brass in Pocket », préfigurant leur album éponyme qui sortira en 1980. Fin 1981, Chrissie, James Honeyman-Scott, le guitariste, et Martin Chambers, le batteur, décident à Bangkok, en avril 1982, à l'issue de leur tournée mondiale, de se séparer de Pete devenu accro à l'héroïne. Le 14 avril 1983, Farndon se shoote et meurt dans son bain.

**Fogerty, Tom.** Creedence Clearwater Revival. *48 ans, 6 septembre 1990. Sida.* En 1966, à El Cerrito, en Californie, Tom avait fondé, avec son frère John, l'une des machines de rock les plus virulentes à l'égard de leurs envahisseurs anglais. En 1970, ils sortent *Cosmos Factory*, qui sera la plus grosse vente de l'année, avec des standards comme « Proud Mary », « Up Around the Bend », « Have you Ever Seen the Rain ». Les deux Fogerty sont guitaristes, compositeurs et leaders du groupe, qui implose en juillet 1972, à la suite de différends caractériels et juridiques. Quand Tom se marie, en 1980, tout le CCR est là. Quelques mois plus tard, au cours d'une opération, Tom se fait transfuser un sang infecté et contracte le sida. Il mourra le 6 septembre 1990, à Scottdale, Arizona.

G

**Gaines, Steve & Gaines, Cassie** voir **Van Zant, Ronnie.**

**Garcia, Jerry.** Grateful Dead. *53 ans, 9 août 1995. Crise cardiaque.* Né le 2 août 1942 à San Francisco, Jerome John Garcia sera marqué par la mort de son père, clarinettiste de jazz, qui se noiera sous ses yeux. Il aura aussi le doigt de la main droite tranché, suite à une dispute avec son frère Tiff. Ado, il se branche rhythm and blues, littérature, drogues expérimentales et s'achète sa première guitare. Inscrit à la California School of Fine Arts, il est appelé à l'armée en 1960. À sa libération, Jerry travaille sa six-cordes acoustique et se retrouve dans le San Francisco hippie et intello, séduit par les charmes sulfureux de la vie de bohème. Au gré de ses rencontres, il bâtit avec ses nouveaux potes l'édifice du band, nommé d'abord The Warlock, qui deviendra ensuite le Grateful Dead avec : Bob Weir (guitare), Ron « Pigpen » McKernan (clavier), Phil Lesh (basse) et Bill Kreutzmann (batterie). En 1963, Jerry, alias « Captain Trips », se marie avec Sara Katz Ruppenthal, une chanteuse folk, mais préfère la compagnie de Ken Kesey, l'écrivain beatnik halluciné de *Vol au-dessus d'un nid de coucou.* Premier album semi-confidentiel en 1967, puis le décapant *Anthem of the Sun*, qui recèle un hommage vibrant au psychédélisme de l'année 1968 ; s'ensuivent des concerts dans les clubs de Frisco avec d'interminables improvisations atmosphériques devant des salles entières qui planent sous acide. C'est l'époque des grands festivals, Altamont, Woodstock, où le Dead, avec son jumeau rival le Jefferson Airplane, symbolise la contre-culture et les grandes tendances musicales du Flower Power. Mickey Hart, percussionniste et batteur, rejoint la formation et participe au légendaire double album concert en public, le *Live Dead* de 1970, puis *American Beauty*, la même année où Jerry perd sa mère dans un accident de voiture. L'alcool et l'héroïne minent les membres du groupe : « Pigpen » McKernan meurt d'une cyrrhose en 1973, Keith Godchaux se tue en voiture en 1980 et Brent Mydland fait une overdose en 1990. En 1987, les vieux hippies barbus et milliardaires cartonnent avec *Touch of Grey*, album de platine, et ont un revenu annuel estimé en 1990 par le magazine *Forbes* à douze millions de dollars. Mais la drogue cerne Jerry Garcia, le « Jésus azimuté » qui enchaîne les cures de désintox, pour finalement mourir d'une crise cardiaque, le 9 août 1995, trente années après avoir fondé l'un des groupes les plus mémorables des années 70, le « Mort reconnaissant », le Grateful Dead.

**Gaye, Marvin.** *44 ans, 1er avril 1984. Assassiné par son père.* Marvin Pentz Gaye Jr., né le 2 avril 1939, débute à l'église apostolique dont son père est le pasteur, avec la chorale des pentecôtistes, mais c'est avec les Moonglows qu'il enregistre son premier single, « Mama Lucie », en 1959. Il rejoint à Detroit l'écurie de la Tamla Motown, la maison de disques de Berry Gordy, pour devenir batteur de studio, et se fait remarquer comme chanteur. En 1961, il épouse la fille de son boss, s'essaye aux duos avec Diana Ross et surtout avec sa meilleure amie, Tammi Terrell (qui décédera en mars 1970), mais sa voix de crooner fait déjà des ravages dans le public féminin et il explose en 1968, avec « I Heard it Through the Grapevine », qui se classe en tête des charts. Balladeur, interprète hors pair, Marvin cumule les succès et les récompenses avec l'album et le titre éponyme « What's Going on » et « Mercy Mercy me », tandis qu'il aborde les années 70 avec ressentiment. Ballotté entre son désir de jouer un rôle sur le terrain politique (combattre la discrimination raciale, refuser la guerre au Viêt Nam) et une vie privée chaotique (divorce d'avec sa femme Anna, addiction à la cocaïne, rapports houleux avec Gordy et la Tamla), Marvin sombre dans la dépression. Fragile, instable, il souffre de l'ombre du magic Stevie Wonder et s'isole davantage après l'échec de ses derniers albums, *Here my Dear*, en 1978, et *In my Life-time*, en 1980. Il décide de fuir en Europe guérir ses démons (à Anvers, il rencontre et produit un jeune artiste français, Phil Barney). En 1982, loin de s'assagir, il continue la drogue et les conquêtes féminines, mais retourne aux États-Unis avec un titre phénoménal et de bon augure – la guérison sexuelle – « Sexual Healing », qu'il signe chez CBS sur l'album *Midnight Love*. L'apôtre de la soul revient dans les hit-parades, reçoit un Grammy Award, mais flanche une nouvelle fois, empêtré dans son mal de vivre et sa dépendance à la cocaïne. Dans un élan de réconciliation, il revient habiter chez ses parents, mais la cohabitation avec son pasteur de père tourne mal, puisque ce dernier lui tire deux balles mortelles dans le thorax, le 1er avril 1984.

**Gibb, Andy.** Bee Gees. *30 ans, 10 mars 1988. Embolie pulmonaire.* Andy est le dernier-né du quatuor australien, les rois du disco, de la Dance Music et des mélodies imparables : Barry, l'aîné, les jumeaux Robin et Maurice. Et Andy, qui tente de se faire une place, dès 1977, avec « Shadow Dancing », sans réussir à prolonger l'essai ; mal-être, coke, oisiveté, Andy plonge vite dans le cercle infernal et meurt d'une embolie pulmonaire, le 10 mars 1988, à Oxford en Angleterre, cinq jours après avoir fêté son anniversaire.

**Gibb, Maurice.** Bee Gees. *53 ans, 12 janvier 2003. Crise cardiaque.* Des trois Bee Gees, Maurice, né en décembre 1949, faux jumeaux de Robin, était de loin le plus drôle. Sa causticité, son sens de la dérision et ses talents de diplomate au sein de la fratrie magique furent essentiels pour apaiser les tensions entre l'aîné Barry – flamboyant, despotique et hypocondriaque – et Robin – introverti, ombrageux et mégalo. Bassiste et clavier dès la création du band en 1960 à Brisbane, en Australie, Maurice participe, comme coauteur ou cocompositeur, à la majeure partie des hits du trio, qui triomphe en 1967 avec « To Love Somebody » et « I Started a Joke ».

Cent millions de disques vendus, une bande originale inscrite au *Livre des records* avec quarante millions de copies de *Saturday Night Fever*, les Bee Gees ont également composé « Guilty » pour Barbra Streisand, « Chain Reaction » pour Diana Ross, « Heartbreaker » pour Dionne Warwick et « Immortality » en 1997 pour Céline Dion, sans oublier les titres pour Kenny Rogers ou Dolly Parton. Avec leurs brushings disco et leurs sourires Ultra Brite, il n'y a qu'en France qu'on les snobe et les critiques rock oublient trop souvent l'immense créativité des harmonies vocales, des mélodies et des arrangements qui caractérisent le son des Gibb Brothers. Installé en Floride depuis les années 70, Maurice est admis le 8 janvier 2003 au Mount Sinai Medical Center pour une opération aux intestins. Le dimanche 12 janvier, il succombe d'une attaque cardiaque. Son épouse, Yvonne, et ses deux enfants étaient à son chevet.

**Gillen, Ray.** Black Sabbath. *31 ans, 3 décembre 1993. Sida.* Créé en 1969 à Birmingham, Angleterre, avec John Ozzy Osborne au lead vocal, le groupe des hard rockers gothiques et satanistes décroche le jackpot avec *Paranoïd* en 1970. Après le départ d'Ozzy, en 1979, les remplaçants au micro se succèdent : Dave Walker (ex-Savoy Brown), Ronnie James Dio (ex-Rainbow), Ian Gillan (ex-Deep Purple), Glenn Hughes (ex-Trapeze), et Ray Gillen, qui succombera au virus, le 3 décembre 1993.

**Godchaux, Keith.** Grateful Dead. *32 ans, 23 juillet 1980. Accident de voiture.* Né le 19 juillet 1948 à Concord, en Californie, Keith commence très tôt le piano. Indissociable du couple qu'il forma avec Donna Jean Thatcher, née le 22 août 1947, chanteuse et choriste notamment d'Otis Redding, Elvis Presley et Aretha Franklin, ils firent toute leur carrière ensemble. Mariés en 1970, ils font la connaissance de Jerry Garcia et du Grateful Dead lors d'un concert à San Francisco, le 12 octobre 1971. À l'époque, Keith joue avec Dave Mason, ex-Traffic, et pense former un duo avec Donna. Mais Jerry les convainc de rejoindre le Dead.
Le couple contribue à l'écriture de chansons pour le band de Garcia mais des problèmes d'ego et de drogue minent leur collaboration. L'aventure s'arrête donc en 1979, et Keith travaille avec les New Riders of the Purple Sage puis écrit des titres avec Robert Hunter et Lowell George, le génial guitariste et chanteur de Little Feat (Lowell meurt en 1979 à 39 ans d'une overdose). En 1974, Donna et Keith ont un fils, Zion, et montent – après avoir rompu avec le Dead – le groupe Ghosts que Keith rebaptisera The Heart of the Gold Band. La nuit du 23 juillet 1980, alors qu'il sort d'une séance d'enregistrement, Keith, qui roule trop vite, percute un camion à Marin County et meurt sur le coup.

# H

**Ham, Pete.** Badfinger. *26 ans, 23 avril 1975. Suicide par pendaison.* En 1973, Harry Nilsson, le copain « Noctamburne » de John Lennon, enregistre un slow poignant, « Without you », qui casse la baraque dans les charts. Le titre a été composé par Pete Ham, le guitariste-chanteur de Badfinger, un groupe longtemps couvé par l'ombre des Beatles, puisque « Badfinger » fut signé par Paul McCartney sur le label Apple Records en 1968 et que celui-ci leur composa leur premier tube : « Come on and Get it ».
À l'origine, c'est à Swansea, dans le sud du pays de Galles, qu'en 1964 Peter William Ham, né le 27 avril 1947, fonde The Iveys et côtoie la future crème de la scène pop anglaise : The Moody Blues, The Kinks, The Who, The Hollies, The Yardbirds… Avec Tom Evans, basse et chant, Joey Molland, guitare et chant, puis Mike Gibbins à la batterie, le quatuor va s'attirer rapidement l'intérêt de leurs idoles, les Fab Four, et assurer pour eux, autant grâce à leurs qualités de musiciens et choristes (avec Ringo Starr sur la bande originale de *Magic Christian Music*, avec

George Harrison sur *All Things Must Past* en 1970 et *Concert for Bangladesh*, puis John Lennon sur *Imagine*), mais surtout en tant qu'artistes auteurs-compositeurs avec les albums *No Dice* 1970, et le référentiel *Straight Up* sorti en 1971 avec des perles telles que « Day After Day », « Baby Blue », « Sweet Tuesday Morning » et « The Name of the Game ». Mais quand les Beatles se séparent, leur label Apple ne renouvelle pas le contrat avec les Badfinger. Très mal entourés, vulnérables, ils signent chez Warner, mais le moral n'y est pas. Après *Ass* (1973) et *Badfinger* (1974), le groupe périclite, embourbé dans une magouille juridique et financière avec leur manager Stan Polley. À Londres, le 23 avril 1975, ruiné, désespéré, Pete Ham se pend dans son garage, laissant sa jeune femme Rosemary, enceinte de huit mois.

**Harvey, Leslie.** Stone The Crows. *27 ans, 3 mai 1973. Électrocution.* Dans le backstage du Top Rank Ballroom, Leslie se prend une décharge en branchant sa guitare électrique, le 3 mai 1973. Il venait juste de se brouiller à mort avec Jimmy McCullough, parti chez les Wings.

**Hendrix, Jimi.** *27 ans, 18 septembre 1970. Étouffé dans son vomi.* Fils d'une Indienne Cherokee et d'un père noir, Jimi s'engage dans les parachutistes en 1960 mais emporte sa guitare de gauchiste ; il se brise la cheville et retourne dans le civil, pour devenir un mercenaire de music live ; sa virtuosité et le sound radical et roots de sa six-cordes, « Machine

Gun », lui offrent des contrats d'accompagnateur de Little Richard, Ike Turner, James Brown, Otis Redding, les Isley Brothers, Sam Cooke. Jimi se fait virer. Il joue trop bien, trop vite, trop fort. Si encore il restait à sa place et arrêtait de se droguer. Grâce à Chas Chandler, le manager d'Animals, il déboule dans la capitale britannique le 24 septembre 1966 et se retrouve très vite sur la scène du Regent Poly, jammant avec le groupe Cream et son guitariste légendaire, Eric Clapton, qui s'empresse de lui présenter Noel Redding et John Mitchell pour qu'il crée le Jimi Hendrix Experience, aussitôt signé par Reprise, une major américaine qui appartient en partie à Sinatra. Sa carrière va durer quatre ans et quatre albums. De « Hey Joe », son premier tube, classé en janvier 1967 (adapté par son pote Johnny Hallyday : Jimi fait sa première partie à l'Olympia, le 18 octobre 1966), à « Voodoo Chile », le style halluciné et aérien de Hendrix conquiert la foule du festival de Monterey, en 1967, quand, se jetant à genoux, il se réchauffe les mains au-dessus de sa Stratocaster en flammes. À la fois bluesy, rock, funky, jazzy, Jimi ignore le solfège mais demeure inégalable sur son manche. Il enregistre des kilomètres de bande et sera l'artiste le plus piraté de l'histoire. En août 1970, il participe au festival de l'île de Wight et déboule sur scène à 3 heures du matin ; le 18 septembre, il se réfugie chez sa copine, Monika Danneman, à Nothing Hill Gate, avale des pilules et s'endort pour l'éternité, après avoir composé son dernier titre, « The Story of Life ».

**Hoke, Eldon.** The Mentors. *39 ans, 19 mars 1997. Écrasé par un train.* Eldon Hoke a occupé la scène underground de Los Angeles pendant près de vingt ans, avec son groupe The Mentors. Leur style ? Le Porn Metal, bruyant, agressif, salace, en un mot : lourd. Pourtant, la mort de Hoke a fait grand bruit. En 1996, en effet, il déclare avoir été contacté par Courtney Love en 1994, quelques mois avant la mort de Kurt Cobain. Celle-ci lui avait demandé d'assassiner son mari, pour cinquante mille dollars. Hoke était resté évasif, il n'avait plus eu de nouvelles. Durant l'année 1996, il multiplie les interviews, un témoin corrobore sa déclaration, et il passe au détecteur de mensonges lors d'un grand show télé. Le verdict tombe : il y a seulement 0,01 % de probabilités pour que Hoke mente. Début mars 1997, il réitère ses propos devant la caméra de Nick Broomfield, réalisateur du documentaire *Kurt and Courtney*. À peine une semaine plus tard, le 19 mars 1997, en fin de journée, il quitte son appartement pour acheter de l'alcool avec un homme inconnu de ses colocataires. Quelques heures plus tard, il est retrouvé mort écrasé sur une voie ferrée à proximité, à Riverside, en Californie. Depuis, les « anti-Courtney » restent persuadés qu'il a été assassiné avant de pouvoir témoigner devant un tribunal.

**Holly, Buddy.** The Crickets. *22 ans, 3 février 1959. Accident d'avion.* Quand il fut intronisé, en 1986, au Rock'N'Roll Hall of Fame, sa majesté Buddy a dû se retourner dans son juke-box : « Ils ont tué ma chanson ! » La nuit de sa mort, en 1959, le pauvre

Holly n'avait que quatre-vingts dollars sur son compte. C'est peu pour un auteur de hits comme « Peggy Sue » ou « That'll Be a Day ». Arnaqué, dépouillé par son manager, Norman Petty, Buddy a eu une très courte carrière (trois ans) et il ne composa que quarante-sept chansons (le catalogue de tous ses titres a été racheté par Paul McCartney). En 1956, avec la formation originale les Crickets (Jerry Allison, le batteur, Niki Sullivan, le guitariste, Joe Mauldin, le bassiste, remplace Larry Welborn), Buddy enregistre le 15 novembre « That'll Be a Day » (Johnny Hallyday sortira la version française, « Quand ce jour-là viendra », en 1963), une réplique piquée à John Wayne dans le western de John Ford *The Searchers (La Prisonnière du désert)*. Dans le film, John Wayne interpelle ses ennemis, la main sur son colt, en grommelant : « Ce sera bientôt ton jour. » Le titre est classé numéro un en Angleterre à la fin de 1956 et sortira sous deux labels : de Buddy Holly, en version solo, chez Coral, et du groupe The Crickets, chez Brunswick.

Janvier 1959 : pendant que son imprésario, Norman Petty, encaisse les droits d'auteur à sa place, Buddy investit dans un studio d'enregistrement, chez lui à New York, et repart au turbin avec son groupe, les « New » Crickets, avec Waylon Jennings, le bassiste (et future star de la country), et Tommy Allsup, le batteur, les tournées étant sa seule possibilité de rentrer du cash. Enchaînant les dates avec The Biggest Show of Stars, une tournée qui parcourt les États du Wisconsin, du Minnesota et du Dakota, Buddy décide, au soir du 2 février – plutôt que de se taper le bus avec les musicos –, de louer un avion à quatre places (pilote compris) afin de rejoindre plus vite l'étape suivante. Ses deux sidemen, Waylon et Tommy, indécis, jouent leur place à pile ou face avec les chanteurs Ritchie Valens et Big Bopper qui, vainqueurs au jeu, gagnent du même coup leur ticket pour l'éternité et montent dans le petit bimoteur Beechcraft avec Buddy. Une tempête de neige se lève, l'avion décolle et s'écrase quinze minutes plus tard, dans un champ à flanc de montagne. Il n'y aura aucun survivant.

**Honeyman-Scott, James.** The Pretenders. *25 ans, 16 juin 1982. Overdose.* Né le 25 février 1956, James, guitariste de studio londonien, est présenté à Chrissie par Pete Farndon, fin 1978. Alors que les Pretenders cartonnent dans les charts, James et Chrissie cherchent un nouveau bassiste, à la suite du départ de Pete, lié à ses problèmes de drogue : ce sera Tony Butler, ex-Big Country. Pourtant, alors que le groupe prépare son troisième album, c'est James Honeyman-Scott qui meurt d'une attaque cardiaque pendant son sommeil, suite à une overdose de cocaïne, le 16 juin 1982. Chrissie, le cœur du band, continue l'aventure et fera un nouveau hit, « Don't Get me Wrong », en 1986, et sera sur scène au Live Aid Concert.

**Hoon, Shannon.** Blind Melon. *28 ans, 21 octobre 1995. Overdose.* Originaire de Lafayette, Indiana, Shannon Hoon, né en 1967, a une adolescence turbulente marquée par ses performances en football mais aussi par ses arrestations pour bagarres. Il monte un groupe de reprises avec un copain en 1988, et le journal local écrit alors de lui : « Il a la personnalité d'un leader. On ne peut le quitter des yeux. » En 1989, il part pour Los Angeles et répète avec trois musiciens. Leur union prend le nom de Blind Melon. En pleine période grunge, le groupe s'inspire de Led Zeppelin et de Grateful Dead. En 1991, leur premier mini-album est décevant. Shannon est alors invité par Axel Rose, natif comme lui de Lafayette, à poser sa voix sur plusieurs titres de l'album *Use Your Ilusion* 2, de Guns n'Roses. Un an plus tard, en 1992, Blind Melon vit sa consécration, avec le single extrait de leur album éponyme, *No Rain*. Shannon devient populaire, belle gueule charismatique. Pendant la tournée de deux ans qui suit, il tombe dans la dope. Pour l'enregistrement du deuxième album, fin 1994, il est dans un tel état qu'il ne se souvient de rien après chaque set. Au printemps 1995, il fait une cure de désintoxication de trois mois, jusqu'à la sortie de leur nouvel album, *Soup*. Les textes sont très sombres, Shannon exprimant sans faux-semblants son désespoir face à la drogue. Pendant la tournée, il replonge dans l'héroïne, malgré les promesses et les précautions prises. Il fait une overdose dans le bus de la tournée, alors à La Nouvelle-Orléans. Sa petite fille, Nico Blue, a 3 mois. En 1996, le groupe sort une compilation intitulée *Nico*, en hommage à Shannon et à sa fille, sa « seule véritable et merveilleuse contribution au monde ». Chaque année, les fans se donnent rendez-vous sur sa tombe.

**Hutchence, Michael.** INXS. *37 ans, 20 novembre 1997. Suicide par pendaison.* Comme les trois Bee Gees, la fratrie Farriss, Tim (guitare), Andrew (clavier), John (batterie), est née en Australie en 1977, à Sydney, date de naissance du groupe INXS. Avec Gary Beers (basse), Kirk Pengilly (guitare, sax) et le sex-symbol Michael « Hutch » au chant, le combo explose en 1984 avec l'album *Kick* et part à la conquête de la planète. Michael, le sosie de Jim Morrison, collectionne les top models, les grosses cylindrées et les rails de coke. Très amoureux de Paula Yates (ex-M^me^ Bob Geldoff, du Band Aid), dont il a une fille, Tiger Lily, il ne supporte pas qu'elle se barre et devient accro à l'opium et aux idées noires. Le soir du 20 novembre 1997, alors que se profilaient l'anniversaire des 20 ans d'INXS et une grosse tournée, il loue une suite au Ritz Carlton Hotel à Sydney et se pend avec sa ceinture. Un employé découvre son corps à minuit.

# J

**Jones, Brian.** The Rolling Stones. *27 ans, 3 juillet 1969. Noyé dans sa piscine*. Quand Anna Wohlin, la jeune Suédoise qui sort avec Brian, retrouve son corps flottant dans sa piscine, elle est persuadée que le coupable est Frank Thorogood, un ouvrier ombrageux qui s'occupe du chantier du somptueux manoir de Hartfield, la dernière demeure de l'ex-Rolling Stones. Brian a quitté le groupe un mois plus tôt ; il va très mal. Depuis 1967, l'alcool, la drogue, les pilules l'ont marginalisé au sein des Stones, et son côté introverti ne peut rien contre la suprématie du duo Mick Jagger et Keith Richards. Ce sont eux qui composent les tubes (« Paint it Black », numéro un aux États-Unis en 1966, « Ruby Tuesday », « Under my Thumb ») et, en 1964, lorsqu'ils ont leur premier numéro un en Angleterre avec « It's All Over Now » (un titre de Bobby et Shirley Womack), leurs prestations scéniques déclenchent des émeutes, à Paris, le 20 octobre à l'Olympia, à La Haye et à Black Pool. Brian, le petit prince au casque d'or, pro à l'âge de 15 ans dans les clubs de jazz, multi-instrumentiste talentueux (flûte, sitar, xylophone, orgue, joujouka, harmonica, slide-guitare), LE créateur des Rolling Stones en 1962, quand, intronisé par Alexis Korner, le père du blues anglais, il provoque la rencontre de Charlie Watts (batteur), Dick Taylor (basse), Ian Stewart (piano) et du tandem Mick Jagger (chant) et Keith Richards (guitare) pour former, au début de 1963, avec l'arrivée de Bill Wylman à la basse, le quintet idéal. Impuissant et jaloux, Brian voit grandir l'influence et le talent de showman et de compositeur d'un Jagger sexy et ambitieux. Quand, en 1968, Keith Richards balance les riffs de l'hymne « Jumping Jack Flash » (numéro un en Angleterre en juin), il fauche sa copine Anita Pallenberg à Brian, qui, depuis « Play with the Fire », n'est plus capable d'écrire une ligne de musique. Déboussolé, camé, isolé, Brian Jones collectionne les arrestations et les procès pour détention de drogues, et le 8 juin 1969, tandis que les Stones s'apprêtent à partir en tournée américaine, il annonce qu'il quitte le groupe. Un mois plus tard, il meurt et cède la place à Mick Taylor, déjà dans les starting-blocks. À Hyde Park, le 5 juillet, les Stones offrent un concert gratuit devant deux cent cinquante mille personnes et Mick, tout de blanc vêtu, lira des vers de Shelley à sa mémoire. Un mois plus tard, « Honky Tonk Women » sera numéro un aux États-Unis et les Cailloux Roulants continuent leur route, imperturbables.

**Jones, Phalin**, voir **Redding, Otis**.

**Joplin, Janis.** *27 ans, 4 octobre 1970. Overdose d'héroïne et de barbituriques.* Quand, le 13 avril 1969, Janis se produit à l'Olympia de Paris, la salle est à moitié vide. « Qui connaît Janis ? », écrira un journaliste de *France-Soir.* Son seul tube au hit-parade français sera posthume, en 1971 ; « Me and Bobby Mac Gee », écrit par Kris Kristofferson, l'un de ses nombreux amants (et sans doute, avec Leonard Cohen, le plus fidèle). Issue d'un milieu aisé, Janis l'hyper-affective souffre de sa laideur – elle sera élue par ses camarades « le garçon le plus laid du campus ». En 1955, elle voit Elvis Presley en concert à la fête paroissiale et c'est une révélation. À 18 ans, Janis quitte Port Arthur pour San Francisco et découvre l'héroïne et Chet Helms, qui en fera la chanteuse de Big Brother & The Holding Compagny. Janis fume de l'herbe, couche avec les filles et boit des litres de bourbon. Fin 1966, avec le Grateful Dead et le Jefferson Airplane, Janis devient la diva hippie, l'Édith Piaf de la pop. Sa voix puissante, éraillée, bluesy en fait l'interprète idéale des song writers de la côte Ouest, mais le 16 juin 1967, au festival de Monterey, c'est avec Jimi Hendrix, Otis Redding, Canned Heat, Mamas and Papas, les Who, les Byrds, que son talent transporte les foules. Elle vient de rencontrer Jim Morrison, des Doors, et partage avec lui le lit, la dope et la castagne. Mi-août 1969, au festival de Woodstock, elle touche le fond ; agrippée à son pied de micro, elle est au bord de la syncope et interdit aux cameramen de la filmer. Elle veut arrêter de se shooter, mais sa liaison avec Seth Morgan, dealer et tabasseur, finit de la consumer. Elle achève l'enregistrement de son dernier album, *Pearl*, pour Columbia ; Janis supplie le bon Dieu, a cappella, de lui offrir une Mercedes Benz, dans une version splendide ; elle doit encore poser sa voix sur le titre « Buried Alive in the Blues » (enterrée vivante dans le blues) mais préfère rentrer à son (Heartbreak) hôtel, le Chelsea, triste mouroir des rock stars. Elle discute avec le doorman, lui demande une cigarette et monte dans sa chambre ; il est 1 heure du matin, ce 4 octobre 1970. On ne la retrouvera que le lendemain, quand la police la découvrira, par terre, le nez cassé, le bras gauche révélant des traces de piqûres. Elle avait rédigé son testament deux jours avant de mourir.

K

**Kath, Terry.** Chicago. *31 ans, 23 janvier 1977. Roulette russe.* Fondateur de la formation avec Peter Cetera, en 1966, à Chicago, Terry va aligner la meilleure section de cuivres des années 70 et des tubes tels que « If you Leave me now », en 1977, et « Hard to Say I'm Sorry ». Le 23 janvier 1978, alors qu'il se trouve chez Don Johnson, l'un des roadies du groupe, Terry sort un pistolet automatique et, malgré les protestations de Don, vise sa tempe et tire. « T'inquiète, il n'est pas chargé ! » furent ses derniers mots.

**Kilpatrick, Dean** voir **Van Zant, Ronnie**.

**King, Jimmy** voir **Redding, Otis**.

# L

**Lawrence, James.** Hope of The States. *26 ans, 16 janvier 2004. Suicide par pendaison.* James Lawrence, dit Jimmi, naît en 1977 à Chichester. Il ne connaîtra le succès que le temps d'un single en tant que guitariste du groupe anglais Hope of The States. Le groupe avait signé chez Sony en janvier 2003 et sorti un single « Enemies/Friends », qui se classe vingt-cinquième dans les charts anglais au mois d'octobre 2003. Le son est rock, parfois post-rock, ambiance violons et claviers. Le groupe, composé de six membres, fait quelques festivals rock au cours de l'été. Pour l'album, Hope of The States travaille avec le producteur Ken Thomas, qui s'occupe également de Sigur Ros. L'enregistrement se termine en janvier 2004 près de Bath, dans les studios Real World de Peter Gabriel. Le 16 janvier au matin, Jimmi est retrouvé pendu au beau milieu du studio. Après quelques mois de flottement, Hope of the States se remet au boulot et continue l'aventure à cinq. Leur premier album, *The Lost Riots*, est sorti le 7 juin 2004.

**Lee, Jon.** Feeder. *33 ans, 7 janvier 2004. Suicide.* Batteur de Feeder, groupe anglais créé à Cardiff, avec Grant Nicholas, guitariste, et Taka Hirose, bassiste, le trio émerge en 1997 avec *Polythenen*, leur premier album, suivi d'une tournée américaine. Feeder enregistrera encore trois albums, dont *Echo Park* et *Comfort in Sound.* Mais le 7 janvier 2004, le corps de Jon Lee est retrouvé sans vie, dans sa maison de Miami. Il laisse une femme, la top model Tatiana Englehart, et un fils, Cameron.

**Lennon, John.** *40 ans, 8 décembre 1980. Assassiné par balles.* Comme Elvis, John perdit sa mère, Julia Stanley. Il avait 17 ans lorsqu'elle fut renversée par un chauffard. Un an auparavant, le 6 juillet 1957, il avait rencontré Paul McCartney (orphelin de mère, lui aussi) à la fête paroissiale de Liverpool et l'aventure des Beatles commençait. En janvier 1964, John, Paul, George et Ringo déboulent aux États-Unis et, en avril, ils squattent les cinq premières places du hit-parade. Dans leur sillage, la nouvelle génération de la pop anglaise (Stones, Kinks, Moody Blues, Animals, Who, Yardbirds, Troggs, Donovan, Hollies, Shadows, Herman's Hermits...) va provoquer la ruine d'un bon nombre de groupes américains, les programmateurs de radio outre-Atlantique préférant diffuser les adaptations british aux versions originales des boys band (ou girls) de la Tamla Motown à Detroit ou de la Stax à Memphis. La beatlemania fait rage et, en mars 1966, Lennon déclare : « Aujourd'hui, les Beatles sont plus célèbres que Jésus-Christ. » Tollé général. Après un ultime concert géant aux Philippines, où, déclinant l'invitation d'Imelda Marcos, ils manquent de se faire lyncher par la foule, les Beatles arrêtent les tournées. John le provocateur, l'idéaliste, le caustique, l'hallucino-sans-gêne, rencontre une artiste plasticienne avant-gardiste intello, Yoko Ono, qui va devenir sa muse, sa mère, sa maîtresse, son gourou, son homme d'affaires. En 1970, les Beatles se séparent. En 1971, après l'album *Imagine* et sa chanson phare, le couple Ono-Lennon s'installe à New York. Yoko lui donne un fils, Sean, né en octobre 1975, et John, ravi, change ses couches quand il ne peaufine pas son dernier album de reprises rock'n'roll, produit par Phil Spector. Le magazine *Fortune* le classe dans les quatre cents plus grosses fortunes américaines. Il s'achète un coquet meublé de trente pièces dans le Dakota Building, un immeuble situé à Central Park West, qui servit de décor à Polanski pour son film *Rosemary's Baby*. Lennon a 35 ans et n'a plus grand-chose à prouver, si ce n'est d'essayer d'être un homme heureux. À l'automne 1980, il sort l'album *Double Fantasy*, produit par Jack Douglas. Le soir du 8 décembre, à 22 h 52, un gros poupon binoclard, Mark Chapman, le guette devant son immeuble et lui tire cinq balles de calibre 38 dans le buffet. John expire dans l'ambulance et le monde, stupéfait, observe plusieurs minutes de silence. « Happiness Is a Warm Gun », chantait John. Il peut mourir serein, son public a aimé son *Double Fantasy* ; classé à la vingt-cinquième place du Billboard américain début novembre, il grimpe jusqu'à la première place en janvier. Les charts anglais fêtent aussi leur martyr. L'ancien Beatles aligne quatre titres dans le Top 10, soit un numéro un avec « Imagine », un numéro deux avec « Happy Xmas », un numéro cinq avec « Starting over », un numéro six avec « Woman ».

**Longley, Ty.** Great White. *31 ans, 20 février 2003. Brûlé vif.* Lead guitariste du groupe de Heavy Blues Metal Great White (fondé en 1982), Ty, qui est né le 4 septembre 1971, à Sharon, en Pennsylvanie, a rejoint le « grand requin blanc », en avril 2000, à la suite des départs successifs de Mark Kendall (lead guitar), Audie Desbrow (batterie) et Sean McNaab (basse). Le lundi 20 février 2003, à Rhode Island, un incendie se déclare dans la salle où se produit Great White et fait quatre-vingt-treize morts. Dans la cohue et la fumée, l'équipe technique et les musiciens sont évacués. Sauf Ty Longley.

**Lopes, Lisa « Left Eye ».** TLC. *30 ans. 25 avril 2002, Accident de voiture.* Née le 27 mai 1971 à Philadelphie, Lisa « Œil Gauche » arrive à Atlanta en 1992 et rencontre Tionne « T-Boz » et Rozonda « Chili », deux copines avec lesquelles elle fonde un groupe de hip-hop, TLC, et sort un single, « Oooh On the TLCTip », qui cartonne. S'ensuit en 1994 « CrazySexyCool » et « FanMail », où Lisa contrôle aussi le look et la réalisation des vidéos du girls band. Son surnom « Left Eye » lui vient de sa manie, en tournée, de remplacer le verre gauche de ses lunettes par une capote. Le 25 avril 2002, au Honduras, elle meurt dans un accident de voiture.

**Lymon, Frankie.** Frankie Lymon & The Teenagers. *28 ans. 28 février 1968. Overdose d'héroïne.* Le wonderboy de Harlem commence sa carrière à l'âge de 14 ans, en 1956, avec son groupe de Doo-Wop, The Teenagers. Ils deviennent célèbres grâce au hit « Why do Fools Fall in Love », et Frankie devient la première star mondiale teenager. En 1957, il quitte son groupe pour une carrière solo. Frankie Lymon enregistre un premier album, joue à la télé et au cinéma, mais sa voix mue, il devient un homme, divorce trois fois et n'intéresse plus personne. Déboussolé, il tombe dans l'héroïne et meurt chez sa grand-mère. La police le retrouve, couché dans la salle de bains, la seringue encore plantée dans le bras.

# M

**MacDonald, Steve.** The Gorguts. *31 ans, 21 octobre 2002. Suicide par pendaison.* Steve MacDonald est le batteur du groupe de Death Metal canadien The Gorguts, formé en 1989. Ils sortent deux albums chez Roadrunner Records, en 1991 (*Considered Dead*) et en 1993 (*The Erosion of Insanity*). Avec *Obscura*, en 1998, qu'ils sortent chez Olympic, le groupe marque une rupture. The Gorguts se tournent vers l'expérimental, le bizarre, multipliant les dissonances et les ruptures rythmiques. La voix reste caractéristique du Death Metal, venue d'outre-tombe, mais le son est plus complexe. L'album est salué par la critique et propulse le groupe à la tête du Death Metal aventureux canadien. *From Wisdom to Hate*, en 2001, est moins intense mais tout aussi travaillé. Le 21 octobre 2002, Steve MacDonald, qui souffre de dépression depuis des années, se suicide par pendaison. Il avait 31 ans. Depuis, The Gorguts n'ont plus vraiment fait parler d'eux.

**Marley, Bob.** The Wailers. *36 ans, 11 mai 1981. Tumeur au cerveau.* Quand l'agence Reuter annonce la mort de Marley, le 11 mai 1981, c'est un peu de la Jamaïque qui meurt aussi. Cette petite île, via son prophète rasta, Bob, a fait connaître au monde entier une musique puissante, riche, mystique, colorée, lancinante, jubilatoire, au beat incontournable : le reggae. Musique locale, contestataire, aux influences afro-cubaines, tissée de calypso et de rhythm and blues, elle symbolise, dès les années 50, la lutte de l'homme noir et de la culture rasta, issue de ses origines éthiopiennes et du grand Hailé Sélassié. Jimmy Cliff (« Many Rivers to Cross », 1977, chanson du film culte *The Harder They Come*) et Desmond Dekker (« You Can Get it if you Really Want ») seront les premiers, dès 1970, à populariser le reggae aux États-Unis, puis en Europe, mais son rayonnement reste encore confidentiel. Au-delà de la célébration d'un mode de vie naturel, écologique avant l'heure, où l'on prône l'usage de la marijuana, le reggae est surtout l'étendard d'une nation qui souffre de son isolement, de sa pauvreté et qui se cherche un leader. Malgré ses dreadlocks et sa barbiche de berger zoulou, Bob Marley, alias Robert Nesta M., est né en février 1945 d'un père blanc, Norman Marley, capitaine de l'armée britannique et originaire de Liverpool. Il quittera très vite sa femme, Cedella Booker, et ses cinq enfants. En 1963, Bob, déjà auteur-compositeur confirmé, fonde les Wailin'Wailers, avec Peter Tosh et Bunny Wailer. Galères et succès avortés, jusqu'en 1972, où a lieu la rencontre avec un jeune Blanc jamaïcain, patron du label Island, Chris Blackwell. Visionnaire, ce dernier comprend le potentiel colossal de Marley et de ses Wailers, qui enregistrent l'album *Catch a Fire* en 1973 et, très vite après, le deuxième, *Burning*, avec de gros tubes comme « Get up, Stand up », puis en 1975, avec « No Woman no Cry » et « So Jah Seh ». Tout le monde s'arrache les titres de Bob et le riff reggae ; Eric Clapton popularise « I Shot the Sheriff », qui devient numéro un aux États-Unis, en 1974. La nouvelle formule des Wailers s'étoffe avec les Magic Brothers, Aston et Carlton Barrett et leurs trois choristes féminines, les I Three's (dont Rita, l'épouse de Bob). BMW (Bob Marley & The Wailers) perdure à travers les tournées mondiales l'assise monumentale et flamboyante du reggae et de ses ambassadeurs. Militant autant qu'artiste, il échappe à une tentative d'assassinat en 1976 et s'exile à New York, puis à Londres. Il sort dans la foulée l'album *Exodus*, avec « Jamming » et « Waiting in Vain », très préoccupé par le sort de l'Afrique et de son peuple. Bob, le dieu natté, footballeur acharné, devient une star fétichisée, un porte-parole de la Jamaïque et, en 1978, au stade de Kingston, devant un public de trente mille spectateurs, il provoque la réconciliation de deux ennemis et leaders politiques : Edward Seaga et Michael Stanley. *Uprising* sera son album testament, après le live *Babylone by Bus*, enregistré au cours des concerts parisiens (au Bourget, où il fera plus d'entrées que le pape). Au printemps de 1981, il s'écroule pendant un concert au Madison Square Garden et va se soigner en Suisse. Il revient mourir chez sa mère, à Miami, et tandis qu'une nation pleure son héros, l'héritage faramineux qu'il laisse derrière lui va semer la discorde dans les rangs familiaux. Après sa disparition, le flambeau de Bob Marley et du reggae reste toujours éteint.

**Martin, Dino Jr.** Dino Desi & Billy. *35 ans, 21 mars 1987. Accident d'avion.* Fils du crooner et acteur Dean Martin, Dino rêve d'une carrière comme papa. Avec son copain Billy Hinsche (clavier et backing vocal des Beach Boys, sa sœur a épousé Carl Wilson) et Desi, Dino forme dès 1960 un trio rock : Dino, Desi & Billy.

**McCullough, Jimmy.** The Wings. *26 ans, 27 septembre 1979. Overdose de morphine et d'alcool.* Repéré par Paul McCartney en 1969, à Londres, alors qu'il joue avec le John Mayall Band, Jimmy, guitariste virtuose, adepte du gros son, est déjà un vieux routier du rock (ex-Thunder-clap Newman, ex-Stone The Crows). Il intègre les Wings, le groupe de Macca formé en 1971, avec Linda McCartney aux claviers, Denny Laine (ex-Moody Blues), et Denny Seiwell à la batterie. Après le carton de l'album *Band on the Run* en 1973 et la tournée mondiale qui suit en 1974-1975, il accumule bitures, retards, gueules de bois, affichant un comportement incohérent et suicidaire, se brouille avec Linda, puis avec Paul, avant de disparaître corps et âme dans les abîmes des narcotiques et du mescal, le 27 septembre 1979.

**McIntosh, Robbie.** Average White Band. *24 ans, 23 septembre 1974. Overdose d'héroïne.* Batteur de l'Average White Band, groupe écossais, fondé en 1972, Robbie a connu le succès avec le titre « Pick up the Pierces » (numéro un aux États-Unis), en 1974, mais sa joie fut de courte durée. Le 23 septembre 1974, au cours d'une soirée à Hollywood Hills, il s'injecta une dose massive d'héroïne, sans doute par erreur.

**Mercury, Freddie.** Queen. *45 ans, 24 novembre 1991. Sida.* Fils de haut magistrat, Farrokh Frederick Bulsara est né en 1946, à Zanzibar, en Tanzanie, qu'il quittera à l'âge de 5 ans pour habiter Bombay et intégrer le pensionnat anglais de Saint Peter's, à Panchgani. Il chante en chorale et y apprend le piano. Très doué, il découvre le rock, Little Richard et Elvis, avant d'émigrer à Londres. En 1966, Freddie s'inscrit aux Beaux-Arts et rencontre Roger Taylor, batteur de Smile, un timide groupe de hard rock dans lequel jouent Brian May (guitare) et John Deacon (basse). Farrokh Bulsara, rebaptisé Freddie Mercury (de la planète Mercure, apparentée au signe de la Vierge, son identité zodiacale), change le nom de Smile en Queen (tapette) et impose au quatuor un nouveau look et beaucoup d'ambition. Dès 1974, avec l'album *Queen II*, Mercury et ses potes grimpent dans les charts. Immédiatement, les fans adorent Freddie, son style vocal de ténor lyrique, extraverti et décadent, ses tenues excentriques, autant que ses compositions inspirées et flamboyantes. Freddie aime l'opéra, la comédie musicale, le hard rock, le disco, le flamenco, le Heavy Metal, la soul. Avec « Bohemian Rhapsody », titre de six minutes hallucinant qui installe les Queen numéro un aux hit-parades, la machine est lancée et Freddie, l'imperator clouté, la Callas de la pop, électrise les foules dans des stadiums immenses avec des tubes nucléaires : « 1981 », « Under Pressure », « We Are the Champions », « I Want to Break Free », « It's a Kind of Magic ». Les Queen mènent grand train (cent millions de disques) et Freddie affiche ses conquêtes masculines et apparaît en porte-jarretelles dans ses clips. Début novembre 1991, il annonce sa séropositivité et s'éteint le 24, en ayant, au préalable, enregistré des titres pour sa postérité. Sa Majesté Mercury incarne au plus haut point the show must go on. Le 20 avril 1992, au stade de Wembley, concert de charité au bénéfice des malades du sida, autour des Queen, en son hommage, avec Bowie, George Michael, Elton John.

**Moon, Keith.** The Who. *31 ans, 7 septembre 1978. Overdose.* Batteur des Who, groupe fondé en 1964 à Londres par Pete Townshend, à la guitare, Roger Daltrey, au chant, John Entwistle, à la basse.

Hyperactif, schizophrène, soûlard, coké, déjanté, destructeur (batterie, chambre d'hôtel, avion, studio d'enregistrement), punk avant l'heure, Keith mourut dans le même appartement du 12 Curzon Place où décéda Mama Cass, quatre ans plus tôt. Star précoce, dès 1965, quand les Who explosent avec « I Can't Explain » et « My Generation », composés par Townshend, Moon, le batteur frappadingue, brûle et consume tout ce qu'il touche. Farceur, il trouve très drôle de louer un costume d'officier nazi et un porte-voix, pour hurler des insanités et réveiller son hôtel à 5 heures du matin, ou d'arriver sur scène, en 1974, à San Francisco, en fauteuil roulant avec les bras plâtrés ; Keith – à la façon d'un John Belushi – était né pour être acteur mais ne tournera que trop rarement : *Tommy*, l'opéra rock des Who, *Stardust* et *That Would Be the Day*. À partir de 1975, sa santé physique et mentale se dégrade ; malgré un exil dans sa nouvelle propriété de Malibu, où il réussit à foutre en pétard son voisin Steve McQueen, il devient accro à l'héroïne et au Valium. Les hôpitaux, les crises d'épilepsie, les coups et blessures envers Kim, sa première femme, puis envers Annette, Keith ne fait plus rire personne, ni même la mort, qui vient le chercher, le 7 septembre 1978, dans l'appartement que lui avait prêté Harry Nillsson, le copain de bamboula de John Lennon.

**Morrison, Jim.** The Doors. *27 ans, 3 juillet 1971. Overdose.* La grande particularité des Doors – Ray Manzarek (claviers), Robbie Krieger (guitare), John Desmore (batterie) –, c'est qu'ils n'avaient pas de bassiste. C'est Ray Manzarek qui assurait les parties sur un orgue Fender Bass. À l'origine, les deux frères de Ray, Rick (basse) et Jim (guitare), faisaient partie de l'aventure, mais découragés par leur manque de succès, ils avaient quitté le groupe fin 1966. Un mois plus tard, le président d'Elektra, Jack Hozman, découvre les quatre bluesmen et les signe pour leur premier album, *The Doors* (sortie janvier 1967), produit par Paul Rothchild. Jim est déjà une star. Ancien élève à UCLA (art dramatique et poésie), le Roi Lézard adore les anagrammes, comme celle qu'il crée dans la chanson « L.A. Woman ». En jouant avec les lettres de son nom, « Jim Morrison » devient « Mr Mojo Risin » : M. Pénis en érection (avec le double sens de Mojo : stupéfiant). Jim aimait le sexe au point d'exhiber le sien en concert à New Haven, en 1967, et à Miami, en 1969 (où il se masturbe devant dix mille spectateurs), de se faire sortir fissa et d'être bastonné par les flics. Dès qu'il voit un uniforme, Jim devient dingo : il voue une véritable haine à son père, Steve, militaire de carrière qui, à 47 ans, est le plus jeune amiral de l'US Navy, et il cessera vite toute relation avec sa famille. « Light my Fire » (durée six minutes cinquante) est le premier tube classé au hit français en 1968, entre deux tubes monstrueux, « Nights in White Satin », des Moody Blues, et « Mrs Robinson », de Simon and Garfunkel. Mais Jim s'embourbe dans sa défroque de poète maudit, sulfureux, éthylique et défoncé. Harcelé par le FBI, il s'enfuit avec Pamela Courson à Paris et fréquente Agnès Varda et son mari Jacques Demy (*Les Demoiselles de Rochefort*). Au Rock'n'Roll Circus, la boîte rue de Seine, il continue l'autodestruction avec un vieux collègue alcoolo, Gene Vincent (ils sont dans la même major, Elektra). Certains témoins prétendent que, la nuit du 3 juillet, Morrison sniffe de l'héroïne trop pure dans les toilettes de la boîte et tombe en syncope (il souffre depuis longtemps d'insuffisance respiratoire). On l'exfiltre discrètement jusque chez lui, au 17, rue Beautreillis, troisième étage gauche, pour le plonger dans un bain d'eau glacée. Sortie de son côté, Pamela (qui mourut d'overdose le 25 avril 1974) arrive vers 2 heures du matin, surveille Jim, puis s'endort. À 5 heures, elle s'inquiète et tente de sortir son Big Jim de la baignoire. En vain… Pas d'autopsie. On l'enterre au Père-Lachaise, malgré l'insistance de l'amiral Steve Morrison à vouloir rapatrier le corps.

**Nico.** Velvet Underground. *49 ans, 18 juillet 1988. Hémorragie cérébrale.* Christa Paffgen Pavolsky, mannequin allemand, arrive à New York en 1958 et suit les cours de Lee Strasberg. Elle rencontre Fellini et joue dans *La Dolce Vita* avant de partir à Londres retrouver Brian Jones, qui produit son premier single, « I'm not Sayin' », en 1964. De retour à New York, avec son bébé, Ari, elle rencontre Andy Wharol, Lou Reed et John Cale et s'impose comme chanteuse au sein du Velvet Underground (1967), puis elle entame une carrière en solo entre 1970 et 1975 avec *Chelsea Girl, Desertshore* et *The End.* Héroïnomane, elle part décrocher à Ibiza avec son compagnon, le cinéaste Philippe Garrel, et, en 1985, livre son dernier opus, *Camera Obscura*, avec John Cale. Elle meurt d'une hémorragie cérébrale sur son vélo, en plein cagnard, à Ibiza, le 18 juillet 1988. Personne ne sait qui c'est. Le corps de la diva New Wave à la voix rauque reste à la morgue plusieurs jours. Commentaire d'un journaliste local : « Just another junkie looking for drugs in the sun. »

**Nomi, Klaus.** *39 ans, 6 août 1983. Sida.* Klaus Sperber, né à Berlin, en 1944, commence une jeune carrière dans l'opéra avant de s'enfuir à New York, pour devenir chef pâtissier au World Trade Center. Il rencontre David Bowie, qui l'engage comme choriste sur les morceaux « The Man who Sold the Word » et « Boys Keep Swinging ». En 1980, il se lance en solo et enregistre un album dans lequel il mélange son falsetto de chanteur lyrique aux synthés et aux boîtes à rythmes Midi. Il se produit en concert à Paris au Palace et meurt le 6 août 1983 du sida.

**Notorious Big.** *24 ans, 9 mars 1997. Assassiné par balles.* Christopher Wallace, alias Biggie Smalls, puis The Notorious Big, est né à Brooklyn, en 1972. Bon élève, le gros Wallace quitte l'école à 17 ans pour vendre du crack et passe un an en prison. Assurant les premières parties de Tupac, Biggie devient, après le départ de celui-ci sur la West Coast, le rappeur le plus brillant de la côte Est, avec l'album *Ready to Die*, vendu en 1994 à quatre millions d'exemplaires. L'hostilité grandissante entre les deux clans, Death Row Records de Suge Knight, et l'autre, Bad Boy Records de Combs, oblige Biggie à prendre du recul, d'autant que les soupçons pèsent sur lui depuis l'assassinat de Tupac. La police retrouve chez lui des armes et de la drogue. Le 9 mars 1997, à la sortie d'une soirée VIP à Los Angeles, il monte dans son Hummer et se fait descendre par un tueur noir. *Life After Death*, son album posthume, s'écoule à dix millions d'exemplaires.

En avril 2002, la mère de Biggie, Violetta Wallace, dépose une requête contre la police de Los Angeles pour reprendre l'enquête sur la mort de son fils, mais le *L.A. Times* publie un article laissant entendre que Biggie aurait payé un million de dollars le gang des Crips pour qu'il tue Tupac Shakur.

**Nowell, Bradley.** Sublime. *28 ans, 25 mai 1996. Overdose.* Né en Californie en 1968, Bradley Nowell achète sa première guitare à l'âge de 12 ans. Il est fan de punk et de ska. Pendant ses études, il se produit avec Eric Wilson, bassiste, et Floyd Gaugh, batteur. Ils décident de s'appeler Sublime en 1988. Ils sont très populaires sur leur campus universitaire. Après des démos, puis un album produit en 1992 sur le petit label monté par Nowell, ils sont repérés par une radio indépendante, KROQ, qui passe leur single en boucle. En 1994, ils signent chez MCA pour leur deuxième album *Robbin' the Hood*, dans lequel le groupe mixe des influences punk-rock, reggae et ska. Le succès est au rendez-vous. À la même période, Bradley Nowell rencontre Troy Den Dekker, qui tombe rapidement enceinte de lui. Il essaie de devenir clean, de stopper toute prise de stupéfiants ou d'alcool. Il y réussit partiellement, mais replonge quelques mois après la naissance de son fils, Jakob James, en juin 1995. Leur troisième album continue de faire parler du groupe et d'élargir son audience. En 1996, ils entrent en studio pour un nouvel opus. À la fin de l'enregistrement, ils décident de faire une petite tournée. Le 25 mai 1996, le groupe est à San Francisco. Bradley appelle Troy (devenue sa femme la semaine précédente) depuis sa chambre. Elle lui reproche sa voix éteinte et lui demande s'il s'est fait un shoot. Il lui assure que non. Mais quelques heures plus tard, les membres du groupe le retrouvent dans sa chambre d'hôtel, par terre, inanimé, son chien dalmatien affolé au-dessus de lui. Il vient de mourir d'une overdose d'héroïne. Sublime ne survit pas à la mort de Nowell, mais continue de fonctionner dans les charts pendant plusieurs années, avec la sortie du quatrième album, double album de platine, de nombreuses nominations aux MTV Awards et un album live.

**Oackley, Berry.** The Allman Brothers. *24 ans, 11 novembre 1972. Accident de moto.* Le 11 novembre 1972, le bassiste des Allman Brothers se tue en moto.

**Oliva, Criss.** Savatage. *30 ans, 17 octobre 1993. Accident de voiture.* Né le 3 avril 1963, guitariste virtuose et fondateur, avec son frère Jon, du groupe Avatar, en 1978, qui devient Savatage en 1983, Criss Oliva et ses potes composent un rock metal puissant et mélodieux. Le 17 octobre 1993, Criss, accompagné de sa femme, Dawn, se rend en voiture au festival de Livestock, en Floride, lorsqu'un conducteur ivre leur coupe la route.

# P

**Pappalardi, Felix.** *43 ans, 17 avril 1983. Tué par balles.* Né dans le Bronx en 1939, chanteur et bassiste des Mountain, avec l'énorme (cent vingt kilos) Leslie West à la guitare, Felix produisit Eric Clapton et le groupe Cream. Précurseur dès 1970, avec le titre « Mississippi Queen » et l'album *Mountain Climbing*, du « gros son » hard rock, arrangeur inspiré, musicien complet, Felix participa au festival de Woodstock. Jimi Hendrix était l'un de ses fans. Le pauvre Felix eut une altercation violente avec sa copine, le 17 avril 1983, qui lui tira dessus ; il mourut de ses blessures.

**Parsons, Gram.** Flying Burrito Brothers. *26 ans, 19 septembre 1973. Overdose d'alcool et de morphine.* Guitariste, pianiste, chanteur des Byrds, des Flying Burrito Brothers et des Fallen Angel, Gram Parsons, l'ange déchu, fut traumatisé par le suicide de son père en 1957. La même année, il voit Elvis en concert et décide de faire de la musique son métier. Quand sa mère meurt, en 1964, il fuit son bled,

Waycross, en Géorgie, et devient un acteur précoce de la scène pop de la fin des sixties. Tout le monde aime Gram et son sourire d'enfant : Emmylou Harris, son ex-choriste, chantera le jour de sa mort, Jagger et Richards écriront pour lui « Wild Horse », et James Burton (guitariste et compositeur d'Elvis) sortira à titre posthume la chanson « Grievous Angel », qu'il avait écrite avec Gram. Le 19 septembre 1973, c'est son manager et ami, Phil Kaufman, qui, selon les dernières volontés de Gram Parsons (mort dans la chambre n° 8 du motel Joshua Tree Inn, sur 29 Palms Highway), enlève son corps à la morgue de l'aéroport de Los Angeles, afin de le brûler – comme un chef indien – devant le cap Rock, dans le parc de Joshua Tree, entouré de ses intimes : Burning love !

**Pastorius, Jaco.** *35 ans, 21 septembre 1987. Coups et blessures.* Né en 1951, John Francis Pastorius se révèle très doué pour la musique : piano, basse, guitare, batterie, saxophone. Son père l'encourage et lui trouve des contacts dans le métier. Jaco se retrouve bassiste des Temptations et des Supremes jusqu'en 1975, où Bobby Colomby, batteur des Blood et des Sweat and Tears, produit son premier album, mais c'est en 1976 qu'il atteint la consécration, en intégrant le groupe Weather Report. Très imprégné de jazz et de l'influence du contrebassiste Charlie Mingus, Jaco démontre une technique époustouflante et, quand il monte son groupe, Word of Mouth, en 1980, il est salué par les plus grands musiciens mondiaux (Chick Corea, Eric Clapton, Randy

Newman, Quincy Jones). Mais son alcoolisme et un état dépressif l'obligent à mettre sa carrière en suspens. Le 21 septembre 1987, à Fort Lauderdale, alors qu'il vient de quitter la boîte de nuit Midnight Club, il se bagarre dans la rue et reçoit un coup fatal.

**Petty, Joe Dan.** The Allman Brothers. *52 ans, 8 janvier 2000. Accident d'avion.* Sideman, des frères Allman. Il fut le bassiste du groupe Grinderswitch et passa son brevet de pilote professionnel afin de s'acheter son propre avion.

**Pfaff, Kristen.** Hole. *27 ans, 16 juin 1994. Overdose.* Bassiste du groupe Hole de Courtney Love, Kristen Pfaff est née le 26 mai 1967 dans l'État de New York. D'abord pianiste classique pendant son enfance, elle part pour Minneapolis à la fin de ses études et y apprend la basse. Elle intègre rapidement un groupe local, Janitor Joe, avant d'être repérée lors d'une tournée de bars en Californie par Courtney Love, qui lui propose d'intégrer Hole. Elle accepte et s'installe avec le groupe à Seattle, où elle devient une proche de Cobain. Lorsqu'elle apprend son décès, en avril 1994, elle est dévastée par le chagrin. Elle décide alors de stopper toute prise de drogue, de quitter Seattle et de retourner à Minneapolis. Mais le 16 juin 1994, la veille de son départ, son copain la découvre au matin, morte d'overdose dans sa baignoire. Pour ceux qui croient à la culpabilité de Courtney dans la mort de Kurt Cobain, il n'y a aucun doute : Courtney l'a fait éliminer. Mais pour la police, Kristen Pfaff s'est suicidée par overdose.

**Pierce, Jeffrey Lee.** Gun Club. *35 ans, 31 mars 1996. Accident cérébral.* D'abord critique de disques pour des fanzines californiens, Jeffrey Lee Pierce, né en 1958, se met à la guitare à 22 ans, en 1980, poussé par son ami Kid Congo Powers. Gun Club est né. Pierce en est le guitariste et le leader. *Fire of Love*, leur premier album, sort en 1981. Le son Gun Club est totalement nouveau, influencé par le bluesman Robert Johnson, mais aussi par les Cramps et Blondie. Un cocktail détonant qui rend Gun Club rapidement culte. En 1985, le groupe se sépare. Pierce, héroïnomane et alcoolique, n'est pas au mieux de sa forme, mais il reste un musicien et un showman d'exception. Il monte quelques projets en solo et reforme Gun Club à plusieurs reprises, notamment en 1992, avec l'album *In Exile*, et en 1994 avec *Lucky Jim*. Mais le 31 mars 1996, alors que Pierce rend visite à son père hospitalisé dans le Colorado, il décède brutalement d'un caillot de sang dans le cerveau.

**Porcaro, Jeff.** Toto. *38 ans, 5 août 1992. Empoisonnement par insecticide.* L'année 1973, Jeff Porcaro, batteur « super technique », l'aîné de Steve Porcaro (clavier) et du petit Mike Porcaro (qui ne rejoindra Toto qu'en 1995), rencontre au lycée Steve Lukather (guitare) et David Paich (clavier). Avec le chanteur Bobby Kimball, qui rejoint la formation, ainsi que le bassiste David Hungate, les

Toto se taillent d'abord une grosse réputation de requins de studio avant de devenir les maîtres du rock FM californien, dans la lignée des Christopher Cross, Donald Fagen, Doobie's Brothers & Michaël McDonald. Gros tube en 1982, avec « Africa », qui récoltera six Grammy Awards, suivi de « Rosanna », car Steve Lukather est fou amoureux de la comédienne Rosanna Arquette. Le 5 août 1992, Jeff Porcaro se trouve chez lui, dans son jardin, à préparer le barbecue. Toxico, cela fait plusieurs mois qu'il cherche vraiment à décrocher de la drogue. Cet après-midi-là, on le retrouve mort, près de ses brochettes carbonisées, ainsi qu'un sachet d'insecticide renversé près de lui et qu'il a inhalé. A-t-il confondu poudre blanche et cocaïne ? S'agit-il d'un empoisonnement ? Suicide ? On ne le saura jamais.

**Presley, Elvis.** *42 ans, 16 août 1977. Overdose de médicaments.* Quand, en 1958, il part faire son service militaire en Allemagne, à la base de Friedberg, le soldat Elvis a le cœur brisé : il vient de perdre sa mère, Gladys, décédée le 14 août à l'âge de 46 ans. Le choc est rude, et le séjour forcé en RFA interrompt provisoirement sa carrière de rock star débutante aux vingt-trois disques de platine (en décembre 1956, le *Wall Street Journal* annonce que les produits dérivés d'Elvis ont rapporté vingt-deux millions de dollars) et celle d'acteur (il a déjà joué dans quatre films, dont le très bon *Jailhouse Rock* et l'excellent *King Creole* – il en tournera trente et un jusqu'en 1969). Pendant son séjour à Bad Nauheim, Elvis fait trois rencontres capitales : celle d'une jeune beauté de 14 ans, Priscilla Beaulieu, fille de commandant (qu'il épousera le 1er mai 1967, à l'hôtel Aladdin de Las Vegas), celle du Major X, qui lui fera découvrir les amphétamines et autres benzodiazépines, afin de supporter les nuits polaires des bivouacs, et enfin celle du karaté (il obtiendra sa ceinture noire, premier dan, le 21 mars 1960). Le 15 juin 1959, Elvis vient en perm' à Paris et s'installe à l'hôtel Prince-de-Galles avec deux copains, Charlie Hodge (guitariste, chanteur), qui restera à ses côtés jusqu'à la fin de sa vie, et Rex Mansfield. À son retour aux États-Unis, le 1er mars 1960, le sergent Presley enchaîne à Hollywood les tournages de films sans intérêt (hormis *Viva Las Vegas !*, d'où fut extrait le single 45-tours éponyme, composé par un duo prolifique : Mort Schuman, du « Lac Majeur », et Doc Pomus, du « Bronx »), et dont les bandes originales proposent des chansons pathétiques (« GI Blues », « Vivo dinero y amor », « Yoga Is as Yoga does », « Puppet on a String », « The Bull Fighter Was a Lady », « Chatanooga Kiss »...). L'été 1968, cloîtré entre la mafia de Memphis, ses gardes du corps et le colonel Tom Parker, son imprésario machiavélique, Elvis tourne en rond. C'est le début du Flower Power, et il ne trouve pas sa place dans la nouvelle génération. Il boude la pop music, qui le considère comme un has been. Les assassinats de Martin Luther King, Robert Kennedy, Bobby Hutton, Sharon Tate (l'épouse de Roman Polanski) aggravent sa parano et, quand il regarde, à la télé, la retransmission des nombreux festivals de rock avec hippies fumeurs non violents, il dégaine son

44 magnum et explose l'écran Sony. Au cours de l'été 1968, Elvis prépare, la mort dans l'âme, un show TV pour Noël, avec l'éternel sapin, la chorale de mioches qui pleurent sur Santa Claus, quand un jeune producteur de 23 ans, Steve Binder, spécialiste des shows de rock comme *Hullabaloo*, le convainc – en dépit de l'opposition farouche du colonel Parker – de tenter quelque chose de vraiment nouveau. Ce sera le *NBC Special Show*, qui sera diffusé le 3 décembre 1968 (*The Elvis 68's Come-Back Special*), avec un indice d'Audimat de 74,6 % et, quelques mois plus tard, le 12 juillet 1969, LA couverture du magazine *Rolling Stones* et la consécration unanime de tout le show-business américain. Le rock et son roi sont de retour ! Adieu le cinoche ringard, revoilà la scène et les concerts live et toujours sold out, avec une première série de cinquante-sept spectacles à l'International Hotel de Las Vegas, contrat qui sera reconduit jusqu'au 12 décembre 1976. Les hits s'enchaînent : « Suspicious Mind », « You're Always on my Mind », « Burning Love », « American Trilogy », « Moody Blues »… À cette époque, Elvis, l'homme aux cinquante millions de fans et aux neuf cents chansons, est un mort vivant : sa consommation quotidienne de pilules magiques est effarante : Dilaudid, Valium, Quaalude, codéïne, Valmid, Placidyl, etc. Il pèse cent kilos, sa femme Priscilla l'a quitté pour un champion de karaté métis mi-hawaiien, Mike Stone (quand Elvis apprend que Lisa Marie, sa fille de 3 ans, dort dans la chambre du couple adultère, il ordonne un contrat sur la tête de Stone). Le 26 juin

1977, au cours de son dernier concert au Market Square Arena d'Indianapolis, il donne une interprétation poignante d'« Unchained Melody ». Le 16 août, chez lui, à Graceland, dans sa propriété de Memphis, juste après minuit, Elvis décide d'aller voir son dentiste, revient, traîne, joue au tennis avec Ginger Alden, sa petite amie de 22 ans. Vers 7 heures du matin, tandis qu'elle se couche et s'endort, lui s'installe sur le trône des toilettes dans sa salle de bains. À son réveil, vers 14 heures, Ginger le retrouvera raide mort, face contre terre, le pantalon de pyjama aux chevilles et une Bible dans la main. Verdict officiel du coroner : crise cardiaque. À 15 heures, l'annonce de son décès a fait le tour du monde : l'elvismania peut commencer et les ventes, s'envoler.

# R

**Ramone, Joey.** Ramones. *49 ans, 15 avril 2001. Cancer.* John Cummings, guitariste, fonde le groupe en 1974 à New York avec Douglas « Dee Dee » Colvin au chant et à la basse et avec Jeff « Joey » Hyman à la batterie, qui décide, très vite, de devenir le chanteur des Ramones. C'est Tommy Erdely qui assure aux baguettes. Lors de leurs premiers concerts au club new-yorkais le CBGB's, le quatuor (dont tous les membres prennent le nom de Ramone comme s'il s'agissait de la même fratrie) côtoie le mouvement underground, avec Blondie, Patti Smith et les Talking Heads. Leur single « Judy Is a Punk », extrait de l'album *Ramones*, en 1976, cartonne en Angleterre et ils se retrouvent aux avant-postes de la génération punk. En 1980, Phil Spector leur produit une reprise des Ronettes, « Baby I Love U », qui signera leur unique tube commercial. Après le départ de Tommy s'ensuit un impressionnant casting de batteurs. Douglas Dee Dee s'en va aussi et, en 1990, les vieux Perfecto partent en tournée européenne pour se séparer en 1996 à Los Angeles. En avril 2001,

Joey Hyman Ramone, qui souffre d'un cancer, s'éteint avant ses 50 ans.

**Redding, Otis** *26 ans*, **Caldwell, Ronnie,** *19 ans*, **King, Jimmy, Jones, Phalin, Cunningham, Carl,** *18 ans. 10 décembre 1967, Accident d'avion.* Le 7 décembre, trois jours avant sa mort, Otis enregistre « Sitting on the Dock of the Bay ». En janvier 1968, la chanson posthume sera numéro un dans les charts américains et recevra deux Grammy Awards. Otis sera sacré « meilleure voix soul » et son titre « meilleure chanson de l'année ». Otis Redding est le premier Noir de la musique américaine à obtenir cette consécration. Le jour de son enterrement, quatre mille personnes défileront derrière son cercueil ; le public blanc l'avait découvert le 17 juin 1967 au festival de Monterey, avec Hendrix, Joplin et les Who, chantant de sa voix puissante et inspirée des tubes énormes comme « Respect », « I've Been Loving you », « Try a Little Tenderness ». Otis chantera deux fois à Paris, à l'Olympia, le 10 décembre 1966, et le 17 mars 1967. Quand son avion se crashe, le 10 décembre 1967, sont également tués son secrétaire et les quatre musiciens de l'orchestre. Le bassiste, James Alexander, et le trompette, Ben Cauley, s'étant couchés très tard, ont raté l'avion.

**Relf, Keith.** Yardbirds. *32 ans. 14 mai 1976, Électrocution.* Chanteur harmoniciste des Yardbirds, la formation rock la plus inspirée des sixties, s'alignant sur les mêmes starting-blocks que les Beatles et les Stones, avec « For Your Love » en 1965. Eric Clapton remplace le guitariste Tony Topham, puis c'est Jeff Beck, qui intègre le groupe en 1966, alternant avec Jimmy Page. Keith Relf quitte le groupe en 1968 et monte Renaissance, un duo folk. Le 14 mai 1976, en finissant les travaux de sa maison dans son home studio, Keith Relf se prend une décharge avec sa guitare et son cœur lâche.

**Rhoads, Randy.** *25 ans, 19 mars 1982. Accident d'avion.* Né le 6 décembre 1956 à Santa Monica, en Californie, Randy commence la guitare à 7 ans. Sa mère dirige Musonia, une école de musique à Hollywood. À 14 ans, il est semi-pro et monte son groupe, Violet Fox, avec son frère Doug à la batterie. Avec le bassiste Kelly Garni et le chanteur Kevin Dubrow, ils formeront Quiet Riot et se produiront dans les clubs de L.A. comme Whisky a Go Go, avant de signer chez CBS en 1978. Randy, fou de guitare, demande à Karl Sandoval, un luthier, une six-cordes sur mesure : ce sera la Flying V noir et blanc, qui deviendra aussi le totem de Rhoads. L'année suivante, il a 22 ans et auditionne pour le fun devant Ozzy Osbourne, ex-Black Sabbath, qui l'engage, subjugué, et l'emmène au pays de Galles pour travailler sur l'album *Blizzard of Oz*, qui deviendra vite disque d'or. Randy et Ozzy tournent aux États-Unis et se produisent dans de petites salles. Après le picture disc du maxi « Mr Crowley » et l'album *Diary of a Madman*, Randy souhaite prendre du large et passer un master en guitare classique. Le 18 mars 1982, Osbourne donne un show au Civic Coliseum à Knoxville, Tennessee. Ce sera la dernière apparition sur scène de Randy Rhoads, « l'homme aux guitares sur mesure ». Après ce concert, le 19 mars 1982, toute la bande d'Ozzy continue la tournée en bus pour la date prévue le surlendemain à Orlando, où ils partagent l'affiche avec UFO, Bryan Adams et Foreigner. Sur la route, vers 8 heures du matin, alors qu'ils ont roulé toute la nuit, Andrew C. Aycock, le chauffeur du bus, s'arrête à Flying Baron chez Jerry Calhoun, qui possède un hangar, des avions privés et une piste d'atterrissage. Andrew C. Aycock, qui est aussi pilote professionnel et, surtout, cocaïnomane notoire, propose un baptême de l'air à l'équipe harassée. Il emmène RachelYoungblood et Randy Rhoads pour un tour en avion, mais après plusieurs passages où Aycock s'amuse à frôler le sol, le bimoteur Beechcraft percute le bus, puis la maison qui s'embrase sous la violence de l'impact. Cette idiotie coûte la vie à l'un des guitaristes les plus doués de sa génération, de la trempe des Jimmy Page ou Van Halen. Randy Rhoads fut enterré à San Bernardino, Californie.

**Rostill, John.** The Shadows. *31 ans, 26 novembre 1973. Électrocution.* Bassiste des Shadows, le groupe anglais le plus célèbre avant l'arrivée des Beatles, John Henry Rostill, né le 16 juin 1942 à Birmingham, rejoint le combo des Ombres en novembre 1963, en remplacement de Bruce « Licorice » Locking. Créés en 1957 à Newcastle, en Angleterre, par Hank Marvin (guitare) et Bruce Welsh (guitare), ils

s'appellent alors les Railroaders, puis les Chesternuts, puis les Drifters (comme le groupe de Doo-Wop américain). C'est Jet Harris, le premier bassiste, qui trouve le nom « Shadows ». Entre 1960 et 1965, tous les singles des Shadows sont classés dans le Top 10 anglais : « Apache », « Kon-Tiki », « FBI ». En décembre 1968, ils se séparent et John poursuit une carrière en solo, rejoignant épisodiquement Hank et Bruce quand ces deux-là s'associent avec John Farrar. Ian Samwell puis Alan Tarney remplacent Rostill à la basse.
Le 26 novembre 1973, Bruce Welsh vient travailler chez John sur des démos de nouveaux titres. Il est accueilli par sa femme Margareth Rostill. Lorsque les deux descendent rejoindre John dans son home studio, ils le trouvent électrocuté sur le sol et sans vie.

**Ruffin, David.** The Temptations. *50 ans, 1er juin 1991. Overdose de crack.* Le 1er juin 1991, le cousin de Melvin Franklin, membre des Temptations, meurt d'une overdose de crack.

# S

**Schuldiner, Chuck.** Death. *33 ans, 13 décembre 2001. Tumeur cérébrale.* Chuck Schuldiner, chanteur et guitariste, est à l'origine du groupe Death et l'inventeur du Death Metal. Il forme son premier groupe en Floride, en 1983, alors qu'il est encore au lycée. D'abord sous le nom de Mantas, il se lance dans le Heavy Metal, au son puissant. Rebaptisé Death, le groupe se cherche et affine son style. Chuck rejoint San Francisco en laissant en Floride ses deux compagnons de Mantas. Il garde en Californie le nom de Death et remonte une formation avec le batteur Chris Reifert. Il enregistre alors l'album légendaire *Scream Bloody Gore*. Paroles horrifiques, musique speedée, voix caverneuse, l'album sort en 1987 et résonne comme la mise en musique d'un film d'horreur. Le Death Metal est né. *Scream Bloody Gore* est un raz-de-marée chez les ados fans de Metal. De retour en Floride, Chuck retrouve les anciens membres de Death pour une tournée. En 1988 sort *Leprosy*, deuxième album. Le groupe y introduit des rythmes plus lents et des changements de tempo toujours plus complexes. Caractériel, obsessionnel, Schuldiner est d'une exigence absolue avec le groupe, l'emmenant toujours au-delà de ses capacités techniques. Il change de musiciens pour obtenir exactement le son qu'il souhaite. En 1991 sort l'album *Human*, toujours un modèle du genre. Pour les albums suivants, *Individual Thought Patters*, en 1993, et *Symbolic*, en 1995, Chuck continue de changer chaque fois son équipe pour atteindre sans concession ce qu'il a en tête. Ces deux albums sont unanimement encensés par la critique et le public spécialisés.

À partir de 1996, il veut élargir son horizon et ses expérimentations musicales et fonde un nouveau groupe, Control Denied. En 1998 sort tout de même un nouvel opus de Death. Début 2000, hélas, Chuck Schuldiner, à la santé fragile, apprend qu'il est atteint d'une tumeur au cerveau. Il a 31 ans. Il est immédiatement soigné, mais il finit par succomber, le 13 décembre 2001, à 33 ans. Sa légende est aujourd'hui intacte, oscillant entre génie et tyran.

**Scott, Bon.** AC/DC. *33 ans, 19 février 1980. Étouffé par son vomi.* Australienne émigrée d'Angleterre, la famille Young a quatre fistons musiciens : Alex, George, Malcolm et Angus. Les deux derniers, guitaristes impétueux, fondent AC/DC à Sydney, en 1973, et engagent Ronald « Bon » Scott, d'abord comme chauffeur, puis, après audition, ils lui signent un contrat de chanteur. Le Heavy Metal est né et l'album *Highway to Hell*, en 1979, assure au groupe un succès international. Le 19 février 1980,

Bon Scott, à l'arrière d'une bagnole, est ivre mort. Quand ses copains reviennent au petit matin, il s'est étouffé dans son vomi.

**Selena.** *23 ans, 31 mars 1995. Assassinat.* Née au Texas en 1971, Selena Quintanilla est une enfant prodige. Son père, musicien, la fait monter sur scène dès l'âge de 10 ans. Issue d'un milieu immigré mexicain, elle parle l'anglais bien mieux que sa langue maternelle, mais enregistre son premier disque, en 1983, à 12 ans, en espagnol. Elle épouse un des musiciens qui l'accompagnent à la fin des années 80. Au fil des ans, elle devient célèbre dans la grande communauté hispanophone des États-Unis. Elle obtient en 1993 un Grammy Award pour la meilleure « Mexican American » performance. Elle enchaîne les albums et les concerts avec un succès toujours grandissant, ouvre une boutique de fringues griffées à son nom. En 1995, elle décide de conquérir le marché anglophone, avec sa variété teintée d'esprit latino, et entre en studio. Le 31 mars 1995, elle se rend dans un motel de Corpus Christi, Texas, pour rencontrer Yolanda Saldivar, 34 ans, fondatrice de son fan-club et gérante de sa boutique de San Antonio. Elles se disputent violemment. Selena tente de quitter les lieux, mais Yolanda lui tire une balle dans le dos. Elle succombe à ses blessures à l'hôpital. Elle avait 23 ans. Le retentissement du décès de la « Mexican Madonna » est énorme. Le gouverneur du Texas de l'époque, George W. Bush, déclare le 16 avril « Selena Day », en son honneur. Un album posthume sort en juin 1996, il prend la tête des charts américains pour la première fois. En 1997, Gregory Nava réalise un film sur sa vie, intitulé *Selena*, avec Jennifer Lopez dans le rôle-titre.

**Serrano-Serrano, Maria** voir **Thornton, Melanie.**

**Shakur, Tupac.** *25 ans, 13 septembre 1996. Assassiné par balles.* Lesane Parish Crooks est né à Brooklyn, New York, le 16 juin 1971, mais sa mère le baptise du nom du dernier empereur inca, « Tupac Amaru », qui signifie « serpent brillant », et y ajoute Shakur, « reconnaissant à Dieu », en arabe. Ancien tôlard, rappeur, acteur, milliardaire, 2Pac est abattu le 13 septembre 1996 à Las Vegas, alors qu'il vient d'assister à un match de boxe avec Mike Tyson. Déjà, en novembre 1994, victime d'un gang adverse, il reçoit cinq balles, mais survit. Son apparition dans *Poetic Justice*, avec Janet Jackson, et les six millions de ventes de son double CD, *All Eyes on me*, lui assurent une première place dans le hip-hop. Ami d'enfance de « Biggie Smalls », alias Notorious Big, artiste du label de la côte Est Bad Boy Records, Tupac se fâche à mort avec lui et se lie avec le patron de Death Row Records, Marion Suge Knight, le boss du rap West Coast de Los Angeles. Ce dernier, quelques semaines avant la mort de Tupac, devait lui régler dix millions de dollars de royalties, et des policiers de la LAPD travaillaient pour lui, lors de soirées très chaudes. L'enquête n'a jamais réussi à prouver que Suge Knight aurait supprimé Tupac, puis Notorious Big, pour s'assurer le contrôle de toute la scène hip-hop.

Snoop Dog, ami de Tupac, vit toujours dans la crainte depuis que Suge Knight est sorti de prison.

**Slovak, Hillel.** Red Hot Chili Peppers. *26 ans, 28 juin 1988. Overdose d'héroïne et de cocaïne.* Né à Jérusalem, le 13 avril 1962, le guitariste Hillel Slovak fonde le RHCP, à Hollywood, en 1983, avec Anthony Kiedis (chant), Michael Flea Balzary (basse) et Jack Irons (batterie). Si les quatre Californiens réussissent dès le début à imposer leur cocktail explosif de punk-funk-Heavy Metal-rap, c'est après la mort tragique de Hillel, le 28 juin 1988, que le RHCP prend son envol avec *Mother's Milk*, en 1989, et surtout avec *Blood Sugar Sex Magik*, en 1991.

**Smith, Elliott.** *34 ans, 21 octobre 2003. Suicide.* Chanteur pop-folk, Elliott Smith, de son vrai nom Steven Paul Smith, est né le 6 août 1969 dans le Nebraska, d'un père psychiatre et d'une mère chanteuse. Ses parents sont divorcés, il vit avec sa mère jusqu'au lycée, puis il rejoint son père à Portland, Oregon. Pianiste et guitariste depuis l'enfance, grand fan des Beatles, il se lance dans la composition dès l'âge de 13 ans. Il fait un passage dans un groupe de punk, Heatmisers, en 1993, avant de se lancer en solo. Il sort *Roman Candle* en 1994, puis *Elliott Smith* en 1995, et *Either/Or* en 1997. Ses folk songs sont à la fois douces et désabusées, reflétant le mal de vivre pourtant tendre d'Elliott Smith. Gus Van Sant le contacte courant 1997, pour lui demander de participer à la bande originale de son

film *Will Hunting*. Smith accepte et se retrouve même nominé aux Oscars pour la meilleure musique de film en 1998. Il ne remporte pas la statuette, mais joue lors de la cérémonie et se fait connaître un peu plus largement. Le label de Spielberg, Dreamworks, le repère alors et le récupère. Il sort *XO* en 1998, puis *Figure 8* en 2000. Les critiques l'adorent, mais son succès reste assez limité auprès du grand public.
En juin 2003, il explique dans une interview son combat quotidien contre l'alcool et la dope. Ses paroles, teintées de solitude et de fragilité, évoquent parfois ses vieux démons et ses envies suicidaires. Le 21 octobre 2003, il se suicide dans l'appartement californien qu'il partage avec sa petite amie, à l'aide d'un simple couteau. Sa copine le découvre rapidement, lui enlève le poignard de la poitrine et appelle les secours. Mais Smith décède à l'hôpital. Un album, *From a Basement on the Hill*, devait sortir en décembre 2003. En janvier 2004, le médecin légiste du comté de Los Angeles déclare qu'il ne peut se prononcer sur la mort d'Elliott Smith : son suicide pourrait tout aussi bien être un assassinat. Elliott Smith a sans doute emporté la vérité avec lui.

**Staley, Layne.** Alice in Chains. *34 ans, 5 avril 2002. Overdose*. Layne Staley naît en 1967 dans l'État de Washington. Adolescent, il monte déjà des groupes auxquels il participe en tant que batteur. Il rencontre le guitariste Jerry Cantrell en 1987, lors d'une répétition dans un entrepôt de Seattle. Ensemble, ils forment Alice in Chains. Layne en est le chanteur.

Rejoints par deux amis de Cantrell, Sean Kinney (batterie) et Mike Starr (basse), ils tournent dans la région de Seattle. En 1990, ils sortent leur premier album, *Facelift*, qui arrive disque d'or, notamment grâce à leur première partie de Van Halen en tournée. Mais c'est en octobre 1992, à la sortie de *Dirt*, leur deuxième album, qu'Alice in Chains explose : au total, trois millions de copies sont écoulés. Les paroles de Dirt, signées Staley, parlent de dope, de toxicomanie, de suicide. Car Layne Staley est toxico et plonge chaque jour un peu plus dans le désintérêt total du monde qui l'entoure, malgré les tentatives de désintoxication en cure. Le groupe est fragile, splittant plusieurs fois pour se retrouver quelques mois plus tard, comme en 1994. En 1995 sort un troisième album, éponyme, qui caracole en tête des ventes. Alice in Chains participe au MTV Unplugged en 1996, mais ils se font de plus en plus rares. Seul Cantrell sort un album solo en 1997, puis… plus rien. En 2002, à défaut de nouvelles d'Alice in Chains, un nouvel album solo de Cantrell est enfin annoncé. Mais le 19 avril 2002, on retrouve le corps en décomposition de Layne Staley chez lui, dans un fauteuil. L'autopsie conclut à une overdose d'héroïne et de cocaïne, et date la mort de Staley au 5 avril 2002, soit huit ans jour pour jour après la mort de Kurt Cobain…

**Strait, Lynn.** Snot. *30 ans, 11 décembre 1998. Accident de voiture.* Lynn Strait, né en 1968, forme le groupe Snot à Santa Barbara en 1995. Après quelques concerts dans des clubs californiens, le groupe est repéré et signe chez Geffen Records, en 1996. Leur premier album, *Get Some*, sort dans la foulée. Snot est alors immédiatement admis comme membre à part entière par la scène hardcore californienne. Lynn Strait, chanteur et leader, l'âme du groupe, se fait remarquer et défraye la chronique par ses prestations scéniques débridées. Durant l'été 1998, le groupe entame une grande tournée. Ils se produisent lors du festival Ozzfest, organisé par Ozzy Osbourne, mais aussi avec Tool, Limp Bizkit ou Soulfly. Le 9 juillet 1998, Lynn Strait est arrêté pour exhibitionnisme et comportement scandaleux. Il s'est en effet entièrement déshabillé sur scène et s'est fait faire une magistrale fellation devant son public. Rien n'arrête cet artiste irrévérencieux et provocateur. Grâce à ses frasques, mais aussi à l'engouement international pour le Neo-Metal, Snot se fait un nom un peu partout. Le 11 décembre 1998, vers 1 heure du matin, sur une sortie d'autoroute, entre Santa Barbara et Carpinteria, la voiture de Lynn Strait entre en collision avec un camion. Lynn est tué sur le coup, ainsi que son chien Dobbs, en photo sur la pochette du premier album. Lynn Strait avait 30 ans.

**Sutcliffe, Stuart.** The Beatles. *21 ans, 10 avril 1961. Hémorragie cérébrale.* Au début de l'année 1959, Stu, 19 ans, élève aux Beaux-Arts de Liverpool, rencontre John Lennon. Stu vient d'empocher 65 livres en vendant une toile et Lennon le persuade d'acheter une basse et de se joindre au groupe les Silver Beatles. Paul McCartney fait la gueule, car Stu est vraiment nul en musique. Un soir, à l'issue d'un concert au Litherland Town Hall de Liverpool, castagne générale contre une bande adverse. Stu, tombé par terre, se prend un coup de pied dans la tête. Il n'ira pas chez le médecin et, malgré des migraines répétitives, suivra les jeunes Beatles en août 1960 pour leur premier séjour à Hambourg.

Sur place, Klaus Voorman, bassiste et futur dessinateur de l'album *Revolver*, lui présente une photographe, Astrid Kirchherr, dont il tombe fou amoureux. C'est elle qui va tous les recoiffer et inventer la fameuse coupe Beatles. Stu laisse repartir les Beatles à Liverpool et s'inscrit aux Beaux-Arts de Hambourg. Le 10 avril 1961, alors que John et Paul viennent de débarquer pour la troisième et dernière fois à Hambourg, Astrid leur apprend que Stu vient de mourir. Paul est triste et John ne dessoûle pas pendant une semaine.

# T

**Thirsk, Jason.** Pennywise. *28 ans, 29 juillet 1996. Suicide.* Jason Thirsk, né en 1967, a toujours vécu en Californie. Il vénère le groupe Kiss, avant de découvrir le punk. C'est la révélation. Avec des copains de lycée, Jason monte plusieurs groupes de reprises, puis ils choisissent de se lancer avec leurs propres compositions sous le nom de Pennywise, en 1988, et d'assurer à la basse. En 1990, leur premier album est très apprécié de la communauté surf et skate de Californie. Leurs chansons sont souvent intégrées comme bande-son de vidéos de surf et permettent à leur deuxième album d'être double disque d'or en 1993. Le groupe est sur la pente ascendante de la renommée, dans la lignée de Green Day et The Offspring. Tout va bien pour Pennywise. Leur guitariste, Fletcher Dragge, fait parler de lui en vomissant sur le public pendant les concerts. Plusieurs majors leur proposent de signer avec elles, mais ils restent fidèles à leur petit label, Epitaph, pour leur troisième album, sorti en juin 1995. Malgré le succès, Jason Thirsk ne va pas bien, et sombre dans l'alcool. Au cours de l'été 1996, il décide de prendre du champ et de se désintoxiquer. Il quitte le groupe, temporairement, et le quatrième album s'enregistre sans lui, avec un petit nouveau à la basse, Randy Bradbury. Le 29 juillet 1996, Jason Thirsk se suicide dans son jardin, à Hermosa Beach, avec une arme à feu. Il succombe à sa blessure avant que sa petite amie ne le découvre, le 30 juillet au matin. Il avait 28 ans. Après cette disparition, Pennywise intègre Bradbury comme membre permanent du groupe et continue sa route : un album en studio en 1997, un live en 2000 et un nouvel album en 2001.

**Thornton, Melanie** *34 ans*, **Serrano-Serrano, Maria** *27 ans*, **Van Het Ende, Nathaly** *26 ans*. Passion Fruit. *24 novembre 2001, Accident d'avion.* La nuit du 24 novembre 2001, un avion de la Swissair s'est écrasé près de Zurich, tuant Maria et Nathaly, membres du trio pop Passion Fruit. Debby St Marteen a survécu. Présente aussi à bord, lors du crash du 24 novembre, Melanie Thornton effectuait une tournée de promotion pour son dernier album, *Ready to Fly*. Née en Caroline du Sud, en mai 1967, elle avait quitté le groupe La Bouche en février 2000 pour une carrière solo et un single, « Wonderful Dream », repris pour la campagne TV de Coca-Cola.

**Thunders, Johnny.** New York Dolls. *38 ans, 23 avril 1991. Overdose d'héroïne.* Quand on trouve le cadavre de John Anthony Genzale, le 23 avril 1991, dans un motel à La Nouvelle-Orléans, son corps rigidifié par la mort est en forme de U et il serre contre lui sa guitare. Thunders avait quitté son groupe en 1975 pour fonder les Heartbreakers avec le batteur des New York Dolls, Jerry Nolan, et le guitariste Richard Hell. On se souviendra de leur pianiste guitariste, Sylvain Sylvain.

**Tosh, Peter.** The Wailers. *42 ans, 11 septembre 1987. Assassiné par balles.* Membre originel des Wailers, multi-instrumentiste, Peter, alias Winston Hubert McIntosh, a autant le sens de l'humour que celui du lancer de couteau. Tosh est un bad boy qui n'a pas peur des flics et de la baston. Il s'associe avec Marley en 1962, qu'il quitte en 1973 à cause de sa mésentente avec Chris Blackwell. Les Stones, avec qui il est copain, lui produisent *Bush Doctor* en 1978. Après son album *Mama Africa*, en 1983, Tosh disparaît pendant quatre ans à la recherche de ses racines et devient le disciple d'un sorcier africain. Le 11 septembre 1987, il se fait buter chez lui à Kingston, laissant dix orphelins, plusieurs femmes et des chansons inachevées.

# V

**Valens, Ritchie.** *17 ans, 3 février 1959. Accident d'avion.* Bien avant Julio Iglesias et les Gypsy Kings, Ritchie Valens fut le premier Latino à classer un hit dans le top 50 des ventes américaines, avec « La Bamba » (place 22 dans les charts américains). De son vrai nom Valenzuela, il pompa un vieux traditionnel mexicain à trois accords (*mi, la, si*) et boosta le tempo. Bob Keane le signa chez Del-Fi Records et distribua le single en octobre 1958. En face B (b-side), « Donna », une ballade à quatre accords (*do, la* mineur, *fa, sol* 7) que Ritchie avait écrite pour sa copine de lycée, Donna Ludwig. Il mourut dans le même avion que Buddy Holly, le 3 février 1959, à ClearLake, Iowa.

**Van Het Ende, Nathaly** voir **Thornton, Melanie**.

**Van Zant, Ronnie** *27 ans*, **Gaines, Steve** *28 ans*, **Gaines, Cassie** *23 ans*, **Kilpatrick, Dean** *31 ans*. Lynyrd Skynyrd. *20 octobre 1977. Accident d'avion.* Alors que leur nouvel album, *Street Survivors*, sortait dans les bacs, le 20 octobre 1977, l'avion Convair 240, qui transportait les membres du groupe Lynyrd Skynyrd, s'écrase à Gillsburg, au Mississippi. Quatre meurent sur le coup, tandis qu'Allens Collins (guitare), Gary Rossington (guitare), Billy Powell (clavier) et Léon Wilkinson (bassiste) sont gravement blessés. Dans la lignée de ZZTop ou des Allman Brothers, le groupe, formé en 1966 à Jacksonville, en Floride, perdure la tradition des formations sudistes, aux rythmiques solides et tonitruantes, créant un boogie country rock tel que « Sweet Home Alabama ».

**Vaughan, Steve Ray.** *35 ans, 27 août 1990. Accident d'hélicoptère.* L'immense guitariste à l'éternel chapeau noir de guardian, né à Dallas, en 1954, venait de se produire sur scène avec son frère aîné, Jimmie Vaughan, Eric Clapton, Robert Cray, Buddy Guy, quand son hélicoptère qui l'emmenait à Chicago s'est écrasé à East Troy, dans le Wisconsin. C'était le 27 août 1990. Ce jour-là, le ciel a pleuré : « The Sky Is Crying », titre éponyme de la compilation sortie après sa mort. Vaughan avait été découvert par John Hammond, l'imprésario de Bob Dylan et de Bruce Springsteen ; avec les albums *Texas Flood, Couldn't Stand the Weather* et *In Step*, Steve égalait avec maestria et flamboyance les plus grands guitaristes du siècle.

**Vicious, Sid.** Sex Pistols. *21 ans, 2 février 1979. Overdose d'héroïne.* Quand, en 1976, Sid-le-Vicelard, alias John Simon Ritchie (né le 10 mai 1957, à Londres), rencontre l'époux de la styliste Vivienne Westwood, Malcolm McLaren, le manager des New York Dolls, le phénomène punk (« putain » en argot anglais) n'a plus que trois ans de sursis. Le chaos musical, amorcé par les groupes underground américains les Ramones, Richard Hell & The Voidoils, ont inventé un style, les 3F : Fast, Fake and Furious. Sid, alors batteur des Siouxsie and the Banshees, s'ennuie à vomir et se rapproche du groupe phare, les Sex Pistols (Johnny Rotten, chant, Steve Jones, guitare, Paul Cook, batterie, Glen Matlock, basse). Un an plus tard, Sid devient leur bassiste et Malcolm signe les Pistols chez Virgin. Censurés sur les ondes, interdits de plateaux télé, supprimés des têtes de gondole, rayés des festivals, Sid, Johnny et ses affreux, avec *Never Mind the Bollocks*, classent pourtant l'album aux sommets des charts.

En 1978, tournée américaine. Entre leur manager, les trois membres du groupe et Sid Vicious, c'est la guerre ; Vicious, camé jusqu'à l'os, partage sa seringue avec Nancy Spungen, sa copine ; le 14 janvier, à San Francisco, dernier concert des Pistols, ils se séparent ; McLaren filme Vicious, Cook et Jones, pour un long métrage, *La Grande Escroquerie du rock'n'roll*, dont seront extraits plusieurs singles. Vicious fait un dernier tour de piste en enregistrant « My Way », puis il part à New York s'installer au Chelsea Hotel avec Nancy. Le 12 octobre 1978, cette dernière est retrouvée poignardée et Sid est arrêté pour meurtre. McLaren paye la caution de Sid qui, libéré, continue de se charger à mort et meurt d'une overdose le 2 février 1979. Le réalisateur Alex Cox sortira, en 1986, le film biographique *Sid and Nancy*.

**Vincent, Gene.** *36 ans, 12 octobre 1971. Alcoolisme.* Tête brûlée et teigneux, Eugene Craddock s'engage dans l'US Navy pendant la guerre de Corée. Démobilisé à la suite d'un grave accident de moto, au cours duquel il se détruit la moitié de la jambe gauche, il transpose sa hargne sur sa guitare et compose « Race With the Devil » en 1956, puis un Rockabilly, « Be Bop a Lula », alors face B du single « Woman Love », avec son groupe les Blue Caps (Cliff Gallup & Willie Williams à la guitare, Dickie Harrell à la batterie et Jack Neal à la basse).
Rocker hargneux et provocant, il réenregistre « Be Bop a Lula », qui devient un tube et se vend à neuf millions d'exemplaires l'année de sa sortie.
« Be Bop a Lula » sera adapté, en 1961, par Eddy Mitchell et ses Chaussettes noires, repris par John Lennon en 1975, dans son album *Rock'n'Roll*, produit par Phil Spector et Alan Vega en 1982.
À la suite de son deuxième accident, où Eddy Cochran laisse sa vie, il enchaîne la série noire. Ses terribles douleurs à la jambe le font souffrir, il boit beaucoup pour oublier son quatrième divorce, puis, en 1969, fait une apparition au festival de Toronto avec le Plastic Ono Band (John Lennon & Yoko Ono), Jerry Lee Lewis et Bo Diddley. Mais, hélas, rongé par l'alcool, ruiné, il revient chez son père pour y mourir.

# W

**Waddell, Doreen.** Soul II Soul. *36 ans, 7 mars 2002. Renversée par une voiture.* La chanteuse de Soul II Soul, le groupe de Urban House formé en 1989 à Londres, avec DJ Jazzie B, Nellee Hooper et Philip Daddae Harvey, a collaboré avec des artistes majeurs tels que Massive Attack, Björk, Madonna, U2. Doreen, qui faisait ses courses dans un supermarché du Sussex, a été surprise en train de voler. Poursuivie dans la rue par le gérant, Doreen a été fauchée par une voiture.

**Ward, Jeremy Michael.** The Mars Volta. *27 ans, 25 mai 2003. Overdose.* Le groupe The Mars Volta naît du split de At the Drive In, en 2001. Groupe brouillon et survolté, At the Drive In donne une nouvelle dimension au rock indépendant. Cedric Zavala, le chanteur, et Omar Rodriguez-Lopez, le guitariste, avaient déjà monté une formation dub, De Facto, parallèlement au groupe. Ils souhaitent dès lors continuer la route ensemble. Ils créent The Mars Volta avec des membres de De Facto, dont

Jeremy Ward, l'ingénieur du son. Ce dernier va devenir l'âme cachée du groupe, créateur du son et des ambiances. À l'automne 2001, puis en mars 2002, Mars Volta fait quelques dates, notamment avec les Red Hot Chili Peppers. Avec leur mini-album *Tremulant*, ils gagnent leur public. Ils enregistrent alors leur premier album, *De Loused and The Crematorium*, en 2003. John Frusciante, des Red Hot, y pose sa guitare. En mai, avant la sortie prévue en juillet, ils repartent en tournée avec les Red Hot Chili Peppers pour tester les salles. À la fin du mois est prévue une semaine de pause. Les membres retournent chez eux en Californie. C'est le 25 mai que Jeremy meurt d'une overdose dans son appartement de Los Angeles. Il avait 27 ans. Là vie du groupe s'interrompt pendant quelques semaines, mais l'album sort comme prévu en juillet. Le groupe se résout alors à remplacer Jeremy par Paul Hinojos (ex-At The Drive In) pour la tournée promotionnelle de l'album. La vie continue.

**Williams, Paul.** The Temptations. *34 ans, 17 août 1973. Suicide par balle*. Le 17 août 1973, deux ans après avoir quitté le groupe et commencé une carrière solo, Paul se tire une balle dans la tête, après des années de dépression et de drogue.

**Williams, Rozz.** Christian Death. *34 ans, 1er avril 1998. Suicide par pendaison.* Né Roger Painter, en 1963, en Californie, Rozz Williams monte son premier groupe à l'âge de 16 ans, très influencé par la musique de David Bowie. Pourtant, après quelque temps, ils prennent le nom de Christian Death et développent autour de leur musique tout un univers gothique. Rozz porte des robes noires, se peint les ongles, arbore des bijoux et un maquillage outrancier. En 1982 sort l'album *Only Theatre of Pain*, opus qui prouve immédiatement l'émergence d'une scène gothique West Coast, au son lourd, proche du Metal, en parallèle du mouvement gothique anglais. L'album a un parfum de scandale, choquant à la fois par les photos macabres de l'album et par les paroles, blasphématoires et sexuellement explicites. Il reste considéré comme le chef-d'œuvre de Christian Death, et Marilyn Manson comme Nine Inch Nails s'en sont ouvertement inspirés. Rozz quitte Christian Death en 1985, laissant Valor Kand, le guitariste, continuer en tant que chanteur. Christian Death prend alors un tour plus Metal et plus politique.

Rozz Williams, pour sa part, participe à plusieurs projets assez expérimentaux, comme Premature Ejaculation ou Shadow Project, à la fin des années 80. Rozz est ultra-célèbre sur la scène gothique, bien que moins présent. Il décide de reformer Christian Death, à la fin des années 80, avec sa femme, Eva O., qui avait déjà fait les chœurs sur *Only Theatre of Pain*. Or Valor Kand continue d'utiliser le nom de Christian Death pour son groupe. Rozz Williams sort l'album de son groupe Christian Death en l'intitulant *The Iron Mask*, en référence à Alexandre Dumas et au Masque de fer, où le véritable héritier du trône est emprisonné pour laisser place à un imposteur. Un conflit ouvert éclate alors, qui oblige

les fans à choisir leur camp. Finalement, Williams accepte de changer le nom de Christian Death en Christian Death Featuring Rozz Williams. Dans les années 90, malgré sa toxicomanie à l'héroïne, Williams s'investit dans différents projets créatifs, écrit les paroles de « Daucus Dakota », au son plutôt rock, et réalise un album avec Gitane Demone, rencontrée plusieurs années plus tôt, et qui a rejoint la nouvelle formation Christian Death.
Le mercredi 1er avril 1998, Rozz Williams se pend dans son appartement de West Hollywood. Il avait 34 ans. Il était en train de boucler l'enregistrement d'un album acoustique avec The Shadow Project.

**Wilson, Carl.** The Beach Boys. *51 ans, 6 février 1996. Cancer.* En 1988, les Beach Boys sont intronisés au Rock'n'Roll Hall of Fame et fêtent le succès de « Kokomo », bande originale du film *Cocktail* (avec Tom Cruise), leur deuxième numéro un dans les charts, après « Good Vibrations ». Carl Wilson apparaît au côté de son frère, Brian Wilson, qui sort d'une longue thérapie. Né en décembre 1946, Carl est membre des Beach Boys dès l'âge de 14 ans. Très vite, il montre, hormis ses talents guitaristiques grâce à l'influence de Chuck Berry (Surfin USA), une voix pure et angélique qui influencera nombre d'artistes de la West Coast. À l'aube des années 70, tandis que le groupe traverse de graves crises artistiques et personnelles, Carl entraîne le band en Hollande pour prendre du recul et coproduire l'album *Holland.* Sur scène, il est incontournable ; son oreille est infaillible ; il entend « tout ».

C'est quelqu'un de très spirituel et la chanson « God Only Knows » résume assez bien l'étendue de son talent et de sa sensibilité. Deux mois après la mort de sa mère, Audree, Carl meurt des suites d'un cancer le 6 février 1996. Il laisse une femme, Gina (la fille de Dean Martin), et deux fils, Jonah et Justyn.

**Wilson, Dennis.** The Beach Boys. *39 ans, 28 décembre 1983. Noyade.* Dès son enfance, Dennis (né en 1944) doit affronter les coups d'un père violent, Murry, et trouver sa place entre son frère aîné, Brian (né en 1942), qui pianote toute la journée et retranscrit « d'oreille » les harmonies à quatre voix des Four Freshmen, et le petit Carl (né en 1946), qui gratouille Chuck Berry sur sa guitare. Dennis, le beau gosse, est le seul à faire le mur pour courir après les filles et surfer sur les vagues de Redondo Beach. Au début de 1961, les parents Wilson partent en week-end et laissent de l'argent pour que leurs trois fistons ne crèvent pas de faim. Brian appelle son cousin Mike Love (né en 1941) et son copain de lycée Al Jardine (né en 1942), et c'est avec le fric des courses qu'ils louent des instruments et répètent dans le salon. Dennis leur suggère de composer sur le surf, la plage et les filles en Bikini, la nouvelle mode californienne, dont Dick Dale and The Del-Tones, Jan & Dean, The Chantay's, The Rumblers, The Marquettes sont les précurseurs. Ce week-end-là, Dennis s'installe à la batterie et Brian compose « Surfin' ». Quand, le dimanche soir, Murry rentre avec maman et voit le bordel dans le salon, il s'apprête à fracasser la tête de Dennis quand Carl hurle : « Attends, Papa ! Écoute ça ! » Le groupe s'exécute, Murry devient le manager des Beach Boys et Nik Venet les signe chez Capitol. Brian enchaîne les tubes (« Surfin USA » sort en France en 1962), et comme son idole Phil Spector, il compose et produit au rythme de trois albums par an. Dépression nerveuse. Puis la consécration arrive, en 1966, avec le single « Good Vibrations » (numéro un aux États-Unis en décembre), et juste avant l'échec commercial de *Pets Sounds*, le premier album concept de l'histoire du rock (avant *Sergeant Pepper*, de John et Paul). Une tournée triomphale les mène en Europe et surtout à Londres, où ils détrônent, enfin, les perfides Beatles (les envahisseurs des États-Unis en 1964). Mais Brian, le génie obscur, s'immerge dans les paradis artificiels et vit en reclus dans sa chambre (il y restera deux ans). En 1967, ils ratent le festival de Monterey et déçoivent leurs fans. Privés de leur leader et mal à l'aise avec les thématiques wilsoniennes hédonistes sea, surf and sun, les Beach Boys (Dennis, Carl, Al, Mike et Bruce) vont se révéler individuellement et monter leur label, Brothers Records. Au cours de l'été 1968, le Summer of Love baigne la côte Ouest, lorsqu'une nuit de juin Dennis, qui rentre chez lui, découvre une bande de hippies dans sa maison ; leur gourou n'est autre que le diabolique Charles Manson, qui sort de quinze ans de prison. Fasciné, Dennis présente Manson à Terry Melcher – ex-Bruce (Johnston) et Terry, musicien, producteur et fils de Doris Day –, qui habite au 10050 Cielo Drive. Manson écrit des chansons mais Terry Melcher n'en veut pas. Après s'être fait piller sa baraque, son compte en banque et démolir toutes ses Ferrari par Manson et sa bande, Dennis déménage et se cache, terrifié. Quand, en août 1969, surviennent les meurtres sordides au 10050 Cielo Drive (Sharon Tate, la femme de Roman Polanski, et cinq de ses amis, qui louaient la maison de Terry Melcher, sont assassinés) et les crimes du couple LaBianca, Dennis – et le Tout-Hollywood – se terre. Manson sera arrêté le 19 novembre 1969, mais l'affaire traumatisera la famille Wilson et le trop fragile Dennis. Marié cinq fois, avec cinq enfants de mères différentes, Dennis Wilson, le vrai Californien sexy, womenizer, généreux mais incontrôlable, surprend toutefois sa tribu en faisant l'acteur dans un film, *Two Lane Blacktop*, en 1971, puis en sortant un magnifique album solo, *Pacific Ocean Blue*, en septembre 1977 (il en vend deux cent mille copies). Ce succès d'estime rebooste l'ambition et l'unité des Beach Boys, mais à l'aube des années 80, la drogue, les pilules, les procès, les divorces rongent les trois frères Wilson. Brian suit une thérapie avec le contesté docteur Landy, Carl, le vrai pivot musical et vocal des Beach Boys, guérit en affirmant sa position de leader, tandis que Dennis écume les bars, comate sur son bateau l'*Harmony* ou se réfugie dans les bras des femmes (comme Christine McVie, de Fleetwood Mac). Il est interdit de concert par les autres membres du groupe ou doublé par un autre batteur. Un soir de décembre 1983, Dennis, l'incompris, plongera de son bateau l'*Harmony* et ne remontera plus jamais à la surface. Entre-temps, les Beach Boys sont devenus patrimoine national, « The American Band », invités à jouer par la Maison-Blanche à Washington (cinq cent mille personnes) pour la fête du 4 Juillet, grâce à leur ami, le président Reagan. Dennis aura l'immense privilège d'être inhumé en haute mer par une escouade de l'US Navy. Surfer forever !

**Wilson, Ricky.** The B-52'S. *32 ans, 13 octobre 1985. Sida.* Le guitariste des B-52's est mort du sida le 13 octobre 1985. Signés en 1978 par le grand manitou du reggae, Chris Blackwell, sur le label Island, ils se font connaître en 1980 avec le titre « Rock Lobster » et fusionnent le Rockabilly des fifties et le disco punk. Avec les deux chanteuses, Kate Pierson et Cindy Wilson, les B-52's deviennent un combo très populaire qui ne survivra pas à la disparition précoce de Rick.

**Wood, Andrew.** Mother Love Bone. *24 ans, 19 mars 1990. Overdose.* Andrew Wood est l'un des fondateurs de Mother Love Bone. Ce groupe reste surtout dans les mémoires en tant que pionnier de la scène grunge. Créé au milieu des années 80, à Seattle, le groupe a un succès local dès ses premiers concerts. Fin 1989 sort leur premier album sur le label SubPop. D'autres groupes de Seattle signent eux aussi sur SubPop (dont Nirvana pour leur premier album, *Bleach*). Mother Love Bone commence à se faire un nom dans tous les États-Unis, et l'année 1990 s'annonce prometteuse pour le groupe. Mais Andrew Wood est retrouvé mort d'une overdose le 19 mars 1990. Une légende est née, notamment grâce à l'album hommage à Andrew Wood, *Temple of the Dog*, monument du grunge, réalisé en 1991 par les membres de Mother Love Bone et par Chris Cornell, leader de Soundgarden. Après cet hommage, Stone Gossard et Jeff Ament, le guitariste et le bassiste de Mother Love Bone, veulent monter un nouveau groupe. Ils recrutent un chanteur, Eddy Vedder, et un batteur, Dave Krusen, puis se cherchent un nouveau nom : ce sera Pearl Jam. Le groupe connaît un succès planétaire et reste une référence grunge.

# Z

**Zapata, Mia.** The Gits. *27 ans, 7 juillet 1993. Assassinée.* Mia Zapata est née dans l'Ohio en 1966. Elle rejoint Seattle en 1989 pour participer au mouvement musical très fort de la ville à cette période. Elle intègre un groupe de punk rock, The Gits, en tant que chanteuse. Elle est la seule fille de la formation, et elle y apporte un souffle esthétique et poétique, grâce à ses textes inspirés. Après quelques années de bars et de clubs de Seattle, le groupe commence à avoir une certaine renommée et semble émerger réellement du lot. Mais le 7 juillet 1993, à la sortie d'un bar, Mia est violée, puis étranglée avec la cordelette de son sweat à capuche. Mia avait 27 ans. L'émotion est grande pour la scène rock de Seattle. L'enquête s'avère ardue. Ses proches fondent alors le Mia Zapata Investigative Fund, qui récolte des fonds auprès des particuliers pour rechercher plus activement le meurtrier. En 2003, dix ans après les faits, on arrête enfin le coupable à Miami. Il a été confondu grâce à des analyses ADN comparées au fichier central des criminels.

**Zappa, Frank.** *52 ans, 4 décembre 1993. Cancer.* D'origine sicilienne et grecque, Francesco Zappa, né le 21 décembre 1940, à Baltimore, pratique très tôt la musique : guitare, batterie, solfège, harmonie, et combine sans complexes, dès ses premières compositions, le jazz, le blues, le rock, avec l'influence classique et celle de la musique contemporaine (Boulez, Bartók). Autodidacte, il monte, dès 1960, son premier studio d'enregistrement, et s'exile à Los Angeles en 1966 pour fonder les Mothers of Invention et sortir l'album *Freak Out*. Sa production est faramineuse et sa créativité sans limites et toujours novatrice : orchestre symphonique, musique de films, filiations jazz rock, funk, punk, les albums *Zoot-Allures* (1976) et *SheikYerbouti* (1979) démontrent, dans son active production discographique, qu'il se moque des hit-parades, privilégiant surtout les concerts happening (avec des invités surprise, tel le violoniste Jean-Luc Ponty), et la résonance toujours originale de son jeu guitaristique comme dans *Shut up'n'Play Yer Guitar* (1984). Un cancer de la prostate l'emporte le 4 décembre 1993.

# Index

**Documentation et enquête**
Amandine Desmaison

**Remerciements**
Thomas de Clisson, Laurent de Gaspéris
et Alain Gardinier

RÉALISATION : NORD COMPO À VILLENEUVE-D'ASCQ
IMPRESSION : CPI
DÉPÔT LÉGAL : MAI 2008. N° 97552-02 (2017361)
IMPRIMÉ EN FRANCE

# Collection Points

DERNIERS TITRES PARUS

P1805. L'Amante du pharaon, *Naguib Mahfouz*
P1806. Contes de la rose pourpre, *Michel Faber*
P1807. La Lucidité, *José Saramago*
P1808. Fleurs de Chine, *Wei-Wei*
P1809. L'Homme ralenti, *J.M. Coetzee*
P1810. Rêveurs et nageurs, *Denis Grozdanovitch*
P1811. - 30°, *Donald Harstad*
P1812. Le Second Empire. Les Monarchies divines IV
*Paul Kearney*
P1813. Été machine, *John Crowley*
P1814. Ils sont votre épouvante, et vous êtes leur crainte
*Thierry Jonquet*
P1815. Paperboy, *Pete Dexter*
P1816. Bad city blues, *Tim Willocks*
P1817. Le Vautour, *Gil Scott Heron*
P1818. La Peur des bêtes, *Enrique Serna*
P1819. Accessible à certaine mélancolie, *Patrick Besson*
P1820. Le Diable de Milan, *Martin Suter*
P1821. Funny Money, *James Swain*
P1822. J'ai tué Kennedy, ou les mémoires d'un garde du corps
*Manuel Vázquez Montalbán*
P1823. Assassinat à Prado del Rey et autres histoires sordides
*Manuel Vázquez Montalbán*
P1824. Laissez entrer les idiots. Témoignage d'un autiste
*Kamran Nazeer*
P1825. Patients si vous saviez, *Christian Lehmann*
P1826. La Société cancérigène
*Geneviève Barbier et Armand Farrachi*
P1827. La Mort dans le sang, *Joshua Spanogle*
P1828. Une âme de trop, *Brigitte Aubert*
P1829. Non, ce pays n'est pas pour le vieil homme
*Cormack Mc Carthy*
P1830. La Psy, *Jonathan Kellerman*
P1831. La Voix, *Arnaldur Indridason*
P1832. Les Nouvelles Enquêtes du juge Ti, vol. 4
Petits Meurtres entre moines, *Frédéric Lenormand*
P1833. Les Nouvelles Enquêtes du juge Ti, vol. 5
Madame Ti mène l'enquête, *Frédéric Lenormand*
P1834. La Mémoire courte, *Louis-Ferdinand Despreez*
P1835. Les Morts du Karst, *Veit Heinichen*
P1836. Un doux parfum de mort, *Guillermo Arriaga*

P1837. Bienvenue en enfer, *Clarence L. Cooper*
P1838. Le Roi des fourmis, *Charles Higson*
P1839. La Dernière Arme, *Philip Le Roy*
P1840. Désaxé, *Marcus Sakey*
P1841. Opération vautour, *Stephen W. Frey*
P1842. Éloge du gaucher, *Jean-Paul Dubois*
P1843. Le Livre d'un homme seul, *Gao Xingjian*
P1844. La Glace, *Vladimir Sorokine*
P1845. Je voudrais tant revenir, *Yves Simon*
P1846. Au cœur de ce pays, *J.M. Coetzee*
P1847. La Main blessée, *Patrick Grainville*
P1848. Promenades anglaises, *Christine Jordis*
P1849. Scandale et folies.
Neuf récits du monde où nous sommes, *Gérard Mordillat*
P1850. Un mouton dans la baignoire, *Azouz Begag*
P1851. Rescapée, *Fiona Kidman*
P1852. Le Sortilège de l'ombre. Le Cycle de Deverry II
*Katharine Kerr*
P1853. Comment aiment les femmes. Du désir et des hommes
*Maryse Vaillant*
P1854. Courrier du corps. Nouvelles voies de l'anti-gymnastique
*Thérèse Bertherat*
P1855. Restez zen. La méthode du chat, *Henri Brunel*
P1856. Le Jardin de ciment, *Ian McEwan*
P1857. L'Obsédé (L'Amateur), *John Fowles*
P1858. Moustiques, *William Faulkner*
P1859. Givre et sang, *John Cowper Powys*
P1860. Le Bon Vieux et la Belle Enfant, *Italo Svevo*
P1861. Le Mystère Tex Avery, *Robert Benayoun*
P1862. La Vie aux aguets, *William Boyd*
P1863. L'amour est une chose étrange, *Joseph Connolly*
P1864. Mossad, les nouveaux défis, *Gordon Thomas*
P1865. 1968. Une année autour du monde, *Raymond Depardon*
P1866. Les Maoïstes, *Christophe Bourseiller*
P1867. Floraison sauvage, *Aharon Appelfeld*
P1868. Et il y eut un matin, *Sayed Kashua*
P1869. 1 000 mots d'esprit, *Claude Gagnière*
P1870. Le Petit Grozda. Les merveilles oubliées du Littré
*Denis Grozdanovitch*
P1871. Romancero gitan, *Federico García Lorca*
P1872. La Vitesse foudroyante du passé, *Raymond Carver*
P1873. Ferrements et autres poèmes, *Aimé Césaire*
P1874. La Force qui nous manque, *Eva Joly*
P1875. Enfants des morts, *Elfriede Jelinek*
P1876. À poèmes ouverts, *Anthologie Printemps des poètes*
P1877. Le Peintre de batailles, *Arturo Pérez-Reverte*

P1878. La Fille du Cannibale, *Rosa Montero*
P1879. Blue Angel, *Francine Prose*
P1880. L'Armée du salut, *Abdellah Taïa*
P1881. Grille de parole, *Paul Celan*
P1882. Nouveaux poèmes, suivi de Requiem, *Rainer Maria Rilke*
P1883. Dissimulation de preuves, *Donna Leon*
P1884. Une erreur judiciaire, *Anne Holt*
P1885. Honteuse, *Karin Alvtegen*
P1886. La Mort du privé, *Michael Koryta*
P1887. Tea-Bag, *Henning Mankell*
P1888. Le Royaume des ombres, *Alan Furst*
P1889. Fenêtres de Manhattan, *Antonio Muñoz Molina*
P1890. Tu chercheras mon visage, *John Updike*
P1891. Fonds de tiroir, *Pierre Desproges*
P1892. Desproges est vivant, *Pierre Desproges*
P1893. Les Vaisseaux de l'ouest. Les Monarchies divines V
*Paul Kearney*
P1894. Le Quadrille des assassins. La Trilogie Morgenstern I
*Hervé Jubert*
P1895. Un tango du diable. La Trilogie Morgenstern II
*Hervé Jubert*
P1896. La Ligue des héros. Le Cycle de Kraven I
*Xavier Mauméjean*
P1897. Train perdu, wagon mort, *Jean-Bernard Pouy*
P1898. Cantique des gisants, *Laurent Martin*
P1899. La Nuit de l'abîme, *Juris Jurjevics*
P1900. Tango, *Elsa Osorio*
P1901. Julien, *Gore Vidal*
P1902. La Belle Vie, *Jay McInerney*
P1903. La Baïne, *Eric Holder*
P1904. Livre des chroniques III, *António Lobo Antunes*
P1905. Ce que je sais (Mémoires 1), *Charles Pasqua*
P1906. La Moitié de l'âme, *Carme Riera*
P1907. Drama City, *George P. Pelecanos*
P1908. Le Marin de Dublin, *Hugo Hamilton*
P1909. La Mère des chagrins, *Richard McCann*
P1910. Des louves, *Fabienne Jacob*
P1911. La Maîtresse en maillot de bain. Quatre récits d'enfance
*Yasmina Khadra, Paul Fournel,*
*Dominique Sylvain et Marc Villard*
P1912. Un si gentil petit garçon, *Jean-Loup Chiflet*
P1913. Saveurs assassines. Les Enquêtes de Miss Lalli
*Kalpana Swaminathan*
P1914. La Quatrième Plaie, *Patrick Bard*
P1915. Mon sang retombera sur vous, *Aldo Moro*

P1916. On ne naît pas Noir, on le devient
*Jean-Louis Sagot-Duvauroux*
P1917. La Religieuse de Madrigal, *Michel del Castillo*
P1918. Les Princes de Francalanza, *Federico de Roberto*
P1919. Le Conte du ventriloque, *Pauline Melville*
P1920. Nouvelles chroniques au fil de l'actualité. Encore des mots à découvrir, *Alain Rey*
P1921. Le mot qui fait mouche. Dictionnaire amusant et instructif des phrases les plus célèbres de l'histoire
*Gilles Henry*
P1922. Les Pierres sauvages, *Fernand Pouillon*
P1923. Ce monde est mon partage et celui du démon
*Dylan Thomas*
P1924. Bright Lights, Big City, *Jay McInerney*
P1925. À la merci d'un courant violent, *Henry Roth*
P1926. Un rocher sur l'Hudson, *Henry Roth*
P1927. L'amour fait mal, *William Boyd*
P1928. Anthologie de poésie érotique, *Jean-Paul Goujon (dir.)*
P1929. Hommes entre eux, *Jean-Paul Dubois*
P1930. Ouest, *François Vallejo*
P1931. La Vie secrète de E. Robert Pendleton, *Michael Collins*
P1932. Dara, *Patrick Besson*
P1933. Le Livre pour enfants, *Christophe Honoré*
P1934. La Méthode Schopenhauer, *Irvin D. Yalom*
P1935. Echo Park, *Michael Connelly*
P1936. Les Rescapés du Styx, *Jane Urquhart*
P1937. L'Immense Obscurité de la mort, *Massimo Carlotto*
P1938. Hackman blues, *Ken Bruen*
P1939. De soie et de sang, *Qiu Xiaolong*
P1940. Les Thermes, *Manuel Vázquez Montalbán*
P1941. Femme qui tombe du ciel, *Kirk Mitchell*
P1942. Passé parfait, *Leonardo Padura*
P1943. Contes barbares, *Craig Russell*
P1944. La Mort à nu, *Simon Beckett*
P1945. La Nuit de l'infamie, *Michael Cox*
P1946. Les Dames de nage, *Bernard Giraudeau*
P1947. Les Aventures de Minette Accentiévitch
*Vladan Matijeviç*
P1948. Jours de juin, *Julia Glass*
P1949. Les Petits Hommes verts, *Christopher Buckley*
P1950. Dictionnaire des destins brisés du rock
*Bruno de Stabenrath*
P1951. L'Ère des dragons. Le Cycle de Kraven II
*Xavier Mauméjean*
P1952. Sabbat Samba. La Trilogie Morgenstern III
*Hervé Jubert*